René Schickel
Meine Freundin Lo

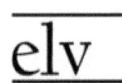

Schickele, René

Meine Freundin Lo
Eine Geschichte aus Paris

Reihe: *classic pages*

ISBN: 978-3-86267-138-0

Auflage: 1
Erscheinungsjahr: 2011
Erscheinungsort: Bremen, Deutschland

Europäischer Literaturverlag GmbH, Fahrenheitstr. 1, 28359 Bremen (www.elv-verlag.de).

Cover: Gemälde "Virginité" von Guillaume Seignac.

Meine Freundin Lo
Eine Geschichte aus Paris

Lo ist eine Schauspielerin des »Grand-Guignol«, jung, hübsch, und eine Meisterin in den Künsten des Vergnügens. Die Vergnügen selbst haben noch nicht den äußeren Glanz, den sie im Schwung von Los Laufbahn annehmen werden, man könnte nicht sagen, dass sie ausgehalten sei, sie kleidet sich einfach, aber besser als ihre erfolgreichsten Freundinnen je tun werden, der Ruhm, der ihr von ihren Herzenseigenschaften kommt, ist groß auf dem rechten, wie auf dem linken Ufer der Seine. Sie ist niemals naiv, außer in den ihr eigentümlichen jähen Einfällen und ihren geduldigeren Erfindungen. Die Schauspielerin ist zehntausend Francs wert, die Frau gerade noch unentdeckt.

Das Gefühl, dass dieser idyllische Zustand nicht mehr lange anhalten wird, macht sie interessant und besonders reizvoll natürlich für ihre Freunde, die sie abwechselnd, aber jeder mit ganzer Hingabe lieben. Morgen wird sie die teuerste Göttin der Schönheit sein, und der alsdann vergoldete Leib wird im Hintergrund der Jünglingsträume stehen wie die Grottenvenus im Garten bei Bullier, wo die Studenten tanzen. Es gehört keine außergewöhnliche Fantasie dazu, um in Los Gesellschaft die Freuden der großen Welt zu genießen, in die man sonst nur vom vierten Rang des Theaters oder, auf den Fußspitzen, vom Trottoir hineinsieht. Die ganz teuren Toiletten, oh, denen kann man täglich und überall in Paris begegnen. Und die Lo, die diese Toiletten tragen wird, kennen sie – kennen sie, wie sie niemals schöner sein wird.

Dass Lo wohl fähig ist, in einem Dichter Wogen zu werfen wie ein Ozeandampfer in einem Hafen, beweist ein Gedicht, das Léon Variot, der neben mir wohnt, an seine kleine Freundin gerichtet hat. Es entstand, als Lo nach Algier gereist war und lange nicht wiederkam.

Variot brütete: »Wenn sie noch lange bleibt, ist ihre sterbliche Gestalt mir ganz entschwunden. Sie wird eine Phantasmagorie, sie erstreckt sich über die Sahara.«

Lo telegrafierte zum dritten Mal, dass sie erst in acht Tagen käme. Da geschah, wie Variot vorausgesagt hatte. Ihr Wüsten-Wachstum war nicht mehr aufzuhalten, Los in Wirklichkeit sehr geringe Ausdehnung wurde so groß, wie Variot sich die Sahara dachte ...

Am selben Abend las er mir unter einer Gaslaterne der Avenue de l'Observatoir ein Gedicht vor.

Ballade von der Frau Minne.

> Dein glühend Reich dehnt sich von Ost nach West,
> zehn Tagemärsche sind von einer Lust zur andern.
> Vieltausend Helden wollten dich durchwandern,
> denn deine ferne Sonne schien ein Fest.

> Sie fielen in die Schlünde deiner Augen.
> Erblindeten an deiner Brüste Rand.
> Es stach mit Wahnsinn sie der Sonnenbrand,
> sie mordeten, um frisches Blut zu saugen.

> An deinen Lenden endete das Schlachten nie,
> mit letzten Kräften kämpften sie vor deinen Toren.
> Manch Heldenlied ward unter Schwertern da geboren,
> doch jeder, der es sang, verstummte jäh und schrie.

> In deinem Haar, das über Berge klettert, wohnen
> die Geister jener Helden, die dein glühend Reich
> verschlang.
> Sie spielen Minne, wie die Kinder, Ewigkeiten lang,
> sie sprechen wie Musik und tragen kleine Kronen.

Aber ich begehrte Lo nicht, wenn sie auch meinem Herzen nahe stand.

Ich hatte bis in die Nacht gearbeitet. Jetzt stand ich über die Schublade der Kommode gebeugt und holte eine Schachtel mit geschmuggelten Zigaretten hervor. Ich nahm eine, dann eine zweite, schloss die Lade und ging, die beiden Zigaretten auf der Hand, vorsichtig wie ein Jongleur, zur Lampe. Die Zigaretten rollten leise hin und her, schließlich begegneten sie einander und blieben mäuschenstill liegen. Auf dem Tisch glänzte ein schönes weißes Blatt Papier. Darauf stützte ich die Fingerspitzen und ließ die Zigaretten langsam die sanfte Ebene meiner Handfläche hinabrollen. Ich setzte mich davor, nahm eine nach der andern in die Finger und prüfte sie.

Die schöne Pedanterie solcher Betrachtung kann man bei Uhrmachern, Juwelieren, Antiquaren und Kriminalisten beobachten. Die Finger, die den Gegenstand hin und her drehen, scheinen ganz feine, fast selbstständige Organe, die in jede Pore der geliebten Sache hinein schmecken, hören, fühlen und voll Verklärung sehen. So strahlten meine Finger, da sie die blonden Engländerinnen zwischen ihren gefühlvollen Enden rollen ließen. Sie waren schlank, meine Engländerinnen, und zart anzufassen in ihrer weißen »Kombination«, die ihnen wie ein Handschuh am Leibe saß. Vorn sah ein goldnes Mieder hervor, sie waren überall von Goldstaub überglitzert, wie mit winzigen Sternen gepudert – sehr vornehm. Sie dufteten ein wenig nach Honig, ein wenig nach Teer.

Die eine wurde zwischen zwei Seiten eines aufgeschlagenen Buches gebettet. Die andere brachte – endlich! – das Glück der nächsten fünf Minuten. Ich lehnte mich aus dem Fenster. Der Garten des Luxembourg schimmerte silbergrau, aber zwischen dem Glanz der Wipfel öffneten sich große dunkle Trichter, über dem Eiffelturm hing die Mondscheibe. Ich wurde weihevoll und dachte an den Bericht über die Pariser Theater, den ich schreiben sollte.

Aber Lo trat ins Zimmer, nahm die Zigarette aus dem Buch und zündete sie über der Lampe an, prüfte mit vier, fünf Griffen, was auf dem Schreibtisch lag, und sagte: »Er schläft wie ein Walross, und ich bin nervös. Wollen wir nicht spazieren gehen?«

Ich antwortete, dass es doch wohl zu spät sei – und richtig kam es zurück: »Monico«.

Ich schauderte. Wir waren in der letzten Zeit durchschnittlich viermal in der Woche dort gewesen und jedes Mal nach Sonnenaufgang in einem Auto den Montmartre hinuntergerast, dass es aussah, als ob wir an der nächsten Straßenecke in einem furchtbaren Zusammenstoß zugrunde gehen sollten. Aber wir waren heil davongekommen. Deshalb musste ich jetzt wieder hinauf.

»Monico« ist ein kleines Restaurant auf Montmartre. Eine schmale Treppe führt zwischen hohen Spiegeln in einen sechseckigen Saal, der nicht sehr groß ist, statt Fenster gibt es da große Spiegel, man sitzt in weißem Licht wie in einem Sphärenbad, auf roten Polstern, und in der Mitte drängt sich eine rot uniformierte Zigeunerkapelle zusammen. Es bleiben vier Meter, worauf kleine Mädchen, fantastisch aufgemacht, zu einer rasenden Musik tanzen. Sie tanzen still und fein, als würde ihnen von einer Musikdose aufgespielt, nach der sie aufmerksam hinhören müssten. Sie streifen einander leise und bewegen kaum die Beine, halten einander nur lässig umfasst. Aber die Augen, ihre Augen stehen unbewegt voreinander und sind gebannt. Die Mädchen tanzen wie in einer leichten Hypnose, im faszinierenden Lärm der überlauten und zu nahen Musik, in einer Hypnose, die nichts Dunkles oder Gewaltsames, nichts Geheimnisvolles hat und nur die blütenhafte und gewohnheitsmäßig entzückte Hingabe an ein süßes Spiel ist.

Lo hatte sich in einen Sessel niedergelassen. Ihre Haltung sagte: »Zwar wird es eine Weile dauern, bis ich dich soweit habe –!« Sie sprach.

»Früher warst du sehr begeistert. Jetzt heulst du auf, wenn man bloß Monico sagt ... Früher –«

Als sie daran war, mit den Worten zu schließen: »Also widersprich dir doch nicht immer und komm«, trat ich vor sie hin und fragte: »Wer sagt dir denn, dass meine frühere Ansicht die richtige war?«

Lo antwortete einfach: »Ich.«

Nun gestand ich, dass ich für eine deutsche Zeitschrift einen Artikel über Pariser Theater schreiben sollte.
Lo überlegte.
»Also bleiben wir zu Hause. Ich hole meine Rolle, und du überhörst mich ...«
Dies dauerte anderthalb Stunden. Wir waren heiser vom Leisesprechen. Sie funkelte wie eine Katze und war schön. - »Schauspielerin!«
Gegen fünf Uhr in der Früh waren Lo und ich auf dem Weg zu den Hallen. Lo hatte sich bei der Arbeit aufgeregt und konnte nun erst recht nicht schlafen.
Alle zweihundert Meter begegneten wir einem einzelnen Vertreter der Pariser Straßenreinigung, der sein Scheuerwerkzeug im Arm hielt und sich eine Zigarette drehte. Die Seine erinnerte an einen Styx, der Sonnenaufgang im Nebel konnte ein Feld von Asphodelen sein, die Begegnungen mit grauen Menschen waren geisterhaft, aber Notre-Dame leuchtete schon.
»Lo, gefällt dir Notre-Dame?«
Sie deklamierte: »Ich hab Unsere Frau von Paris im Morgengrauen frösteln gesehen, ihre Augen glühten vor Kälte.«
Verse von Variot.
Wir schlenderten an den Hallen vorbei. Hunderte von Körben mit Erdbeeren standen im Viereck, wie ein Regiment der alten Garde, daneben waren Pyramiden von Kohlköpfen und roten Rüben aufgetürmt oder wankten auf zweirädrigen Karren. Allerhand Rindvieh sah blutig aus grauem Segeltuch hervor. Weiche Flaumhügel von Gänsen, Enten und mannigfachen Hühnern schlossen ein Schlachtfeld von vierfüßigem Wild ein, und drinnen in den Hallen stockte einem der Atem vor dem Geruch von Fisch und faulem Gemüse. Diese Hallen sind wüst, imponierend und langweilig wie ein Roman von Zola.
»Lo, gefallen dir die Hallen?«

»Man muss sie von Zeit zu Zeit wiedersehen. Da wird einem erst klar, dass das Leben gar nicht so leicht ist. Wenn ich das hätte erfinden sollen –!«

Und nach einer Weile fügte sie hinzu: »Der Staat ist eine großartige Idee!«

Sie war sehr müde.

Auf dem Heimweg begann sie an meinem Arm einzuschlafen. Mitten aus einer Lache war sie in Müdigkeit gesunken. Sie erwachte kaum, als wir uns vor meiner Tür trennten.

Ich dagegen setzte mich an meinen Schreibtisch, um zu arbeiten.

Es klopfte an der Tür. Sofort stand ich auf, warf die Bettdecke zurück und entkleidete mich hastig. Der Morgen war verloren. So wollte ich wenigstens schlafen.

»Du gestattest doch, dass ich bei dir eine Zigarette rauche?«, fragte Variot.

Er wanderte lächelnden Gesichtes zwischen Fenster und Tür. Als ich mich aufseufzend in mein Bett gesenkt hatte, setzte er sich neben mich, und jetzt erst merkte ich, dass sein Lächeln das eines Weltmannes war.

»Du meinst …?«, sagte ich.

Er beschwichtigte mich. »Gar nichts.«

Ich bestand darauf: »Aber du meinst ja.«

Pause. Dann, indem er sich vom Bettrand erhob: »Ich weiß.«

»Dummkopf!«

»Bitte.« Er zuckte mit der Achsel. »Sie ist drei Monate mit mir zusammen gewesen. Das geht über ihr Konzentrationsvermögen. Sie ist nicht gern einsam. Und da du nächste Woche aufs Land reist, ist das Problem: wie das nun weitergehen sollte, aufs Angenehmste gelöst. Du nimmst sie mit.«

Ich dachte, es gelte nur, einen Irrtum klarzustellen.

»Lo ist keineswegs drei Monate mit dir zusammen. Du vergisst die vier oder fünf Wochen ihrer afrikanischen Abwesenheit. Da sie niemals weniger als drei Monate treu ist, kannst du noch einen ganzen Monat ruhig sein. Dann bliebe noch zu untersuchen, ob die drei Monate nicht erst von ihrer Rückkehr aus Afrika zu rechnen wären.«

Variot wurde ungeduldig, und da er ein Psychologe ist, unternahm er gleich einen Frontangriff auf meinen Charakter, dem ich durch Verhöhnung seiner besten Eigenschaften begegnete. Ganz unvermittelt schrie er: »So, eifersüchtig bist du auch noch!«

Und er tobte, als er hinzusetzte: »Eifersüchtig auf Vergangenes. Und du, dessen Heißhunger nach Infamien eine Gemeinheit nicht sättigen kann, fühlst dich natürlich überlegen, weil du mir Lo abspenstig gemacht hast, und mordest mich mit dieser Überlegenheit, die bei einem anständigen Menschen in lauter Scham zerflösse.«

Wir bewahrten eine gewisse Höflichkeit: Jeder ließ den andern ausschreien, bevor er selbst, einen Ton höher als der andere geschlossen hatte, einsetzte. Dann schrie er seinen Spruch herunter und mäßigte gegen Ende die Stimme, damit der andere nicht gezwungen war, ihn zu überbrüllen, wodurch die Rhapsodie den Charakter eines gleichmäßig gewellten Hochplateaus annahm. Die Sorge, dass die Zusammenstöße auf einem für beide Teile gleich günstigen Terrain erfolgten, entsprach einer chevaleresken Grobheit, auf die wir uns bei Beginn unserer Freundschaft ein für alle Mal geeinigt hatten.

Aber der Psychologe ist ein Fanatiker, den nicht einmal die Todesgefahr vor der Aussprache einer Erkenntnis zurückhielte. In einem Dorf meiner Heimat bewahrt man das Andenken einer Märtyrerin. »Verlauster Kerl« hatte sie ihrem Gatten gesagt. Dafür bekam sie Prügel. Sie schrie. Sie schrie immer lauter, sodass der Mann sie schließlich aufpackte, an den Kanal trug und ins Wasser warf. Sie ertrank. Aber ihre Hände streckten sich noch einige Mal aus dem Wasser, und die Daumennägel, die sich fassungslos aneinanderrieben, stammelten: »Verlauster Kerl.« So stirbt ein Psychologe.

Und Variot behauptete, dass ich ein Sadist sei. Ich griff nach der Uhr auf dem Nachttisch, um ihn damit zu töten ... In diesem Augenblick waren wir an den Grenzen unserer menschlichen Kräfte angelangt. Die Überreizung war so groß, dass nichts Irdisches uns hätte beruhigen können. Dies ist der Zustand, wo der Mensch ins »Jenseits« entrückt wird. Die Gläubigen fallen in Ekstase, andere ...

Durch das offene Fenster brauste Glut und wirbelte durchs Zimmer. Wir hatten den Eindruck, als ob Millionen rote Flaumfedern durch einen höllischen Atem durcheinandergewirbelt würden. Dazwischen hörte man ein Ächzen wie von jemand, der sich übermäßig anstrengt. Es roch nach Schweiß.

Ich war aus dem Bett gesprungen und versuchte nachzudenken. Variot stand mit offenem Mund und entsetzten Augen. Wir waren geblendet und sahen nichts als kreisende Glut. Aber allmählich erkannten wir ein großes rotes Federvieh, das hastig surrend an den Wänden entlang flog. An seinem Steiß zischte eine bengalische Flamme ... Das Surren wurde leiser und leiser, vom Lichtwunder blieb nichts übrig, als ein schwarzer Draht, der würdelos aus den Schwanzfedern hervorsah. Die Flügel schlugen mit geringer Kraft, ja, der eine blieb zwischen dem Kleiderschrank und der Wand hängen, und als es in dem Vieh noch einmal wie von Leben zuckte, löste sich der eingeklemmte Flügel und der ganze Schrecken platschte vor Variots Füße. Schnell beugten wir uns darüber und besahen ihn ... Es stellte sich heraus, dass der jenseitige Geier aus gutem Blech und billigen Federn gemacht war. Aber seltsam ... Vorn auf der Brust trug er ein sauberes Messingschildchen mit einem Ring, daran stand »Bitte öffnen!«

Ich gehorchte. Da fiel dem Raubvogel ein Paket viereckiger Zettel aus der Brust, einer so groß wie der andere, und jeder sauber mit Versen beschrieben. Ich wandte mich erstaunt an Variot: »Ist das nicht deine Handschrift?«

Er trat ans Fenster und sah lange über den Luxembourggarten. Dann sagte er, leise mit dem Kopf nickend: »Mein Herz ...«

Ich hob den Vogel auf und deutete damit auf Variot, als ob ich fragen wollte: »Das da?«

Er hob den Kopf. Jetzt sah er bis zum Eiffelturm.

»Es war ein glühender Vogel. Was bleibt? Eine Maschine, aus der druckfertige Gedichte fallen.«

Der arme Freund ging langsam aus dem Zimmer. Ich folgte ihm. Er führte mich zwei Treppen hinauf unters Dach und vor eine Mansardentür, die er mit einem kleinen gezackten Schlüssel, wie man sie für Geldschränke verwendet, lautlos öffnete. Die Kammer war weiß getüncht, sehr sauber und leer. Aber im Rahmen des kleinen Fensters, das weit aufstand, zeichnete sich vom blauen Himmel eine große, vollkommen runde Schlinge ab. »Um Gottes willen«, rief ich, und ich kämpfte mit ihm, denn er griff und strebte mit dem ganzen Körper nach der Schlinge, und obwohl er mich furchtbar an der Nase zerrte, brachte ich ihn aus der Kammer hinaus und die Treppen hinunter und unter beständigen Stößen bis zur Seine. Ich wollte mit ihm auf die großen Boulevards gehen. Er sollte sich zerstreuen.

Der Abendhimmel über der Seine, glühende Wüste zwischen gelben und milchweißen und grünen Wiesen, war so schön, dass wir mitten auf der Brücke in Bewunderung stehen blieben. Der Justizpalast am Ufer stand in starken Umrissen schwarz wie eine einzige Schattenmasse zwischen dem bunten trüb spiegelnden Wasser und dem ausgebreiteten Himmel.

Ich entdeckte eine Überzeugung in mir ...

»Das tröstet doch! Über alles! Sag selbst ...«

Kaum hatte ich ausgesprochen, da fiel ich und zappelte zwischen grünem, perlendem Wasser, das fortwährend weiße Blasen in die Höhe trieb, ich hing in einer sausenden Wassersäule, die grün und weiß im dunkleren Wasser stand und sich wie eine jener Schrauben drehte, deren Windungen in die Höhe zu klettern scheinen, obwohl sie in Wirklichkeit immer dieselbe waagerechte Bewegung vollführen. Ich schluckte Wasser. Viel Wasser.

Nun? ...

Mein Kopfkissen war nass, die Haare waren nass, mein Hände griffen in lauter Nässe, ich richtete mich auf und sah, wie Variot den Wasserkrug auf die Toilette stellte.

»Ah! Ah!«, höhnte er und kam mit dem Lächeln seiner sieghaftesten Tage auf mich zu. »Es ist mir also doch gelungen, dich zu wecken.«

Er blieb vor mir stehen. »Gut. Das war der letzte Freundschaftsdienst, den ich dir geleistet habe.« Er ging zur Tür. »Du wirst bei Lo verlernen, im wichtigsten Augenblick einer Auseinandersetzung einzuschlafen.« Er schlug die Tür hinter sich zu.

Aus dem Garten des Luxembourg kamen Klänge von gedämpftem Gold, die langen Rufe der Rheintöchter, und dann sang es von Freyas goldenen Äpfeln, und der Regenbogen spannte sich zu dem feierlich tönenden Walhall. Ich lehnte mich zurück. Ich dachte an den oberen Rhein, der zwischen den spröden, gewaltigen Pappeln in seiner Ebene strömt, und den wir an Sommernachmittagen durchschwammen. Wir mussten immerzu gegen den Strom schwimmen und brauchten einen Kilometer, um hinüberzukommen ...

Und es ist nicht zu sagen, wie gewaltig er an gelben Gewitterabenden war, und wie herzergreifend in den Vollmondnächten!

Ich sprang aus dem Bett und warf die Bücher auf dem Schreibtisch durcheinander.

Her mit dem internationalen Balladenbuch, das ich Kursbuch nannte, als ich noch nichts wusste von der Seligkeit, durchzubrennen! Singt, ihr hunderttausend Eisenbahnschienen! Ruft eure Namen auf, ihr Städte, wo es überall Hotels gibt, um zu schlafen, und von der Sonne chemisch gereinigte Straßen und alte Wälle, wo man ins Land hinaussieht, und getäfelte Wirtsstuben mit einer Hängelampe an der Decke, die leise schaukelt, wenn die Tür geöffnet wird ...

»Paris (Est) départ ...«

Ich reise!

Ich reise nicht.

Die Koffer lehnten zugeschnürt an dem Schreibtischsessel, auf der Lehne lag vierfach gefaltet der Reisemantel und darauf der Strohhut mit dem frisch gebürsteten orangegelben Band, in dessen Schleife ich eine mir vor zehn Minuten noch völlig unbekannte, im Schubfach des Nachttisches gefundene falsche Perle gesteckt hatte. Ich sah mich gerührt im Zimmer um und wollte gerade zu den letzten Betrachtungen übergehen, ohne die ich ungern ein von mir bewohntes Zimmer verlasse. Es ist eine der seltenen Gewohnheiten, sich über die Kürze des Lebens und die Eitelkeit alles Menschlichen klar zu werden. Man hat gar nichts zu tun als zu warten, bis es Zeit ist, sich aus dem Staub zu machen.

Lautlos öffnete sich die Tür, Lo kam herein. Sie blieb stehen, wobei ihre Arme mit viel Sanftmut an den Hüften niedersanken und ganz still waren, und sah mich lächelnd an, mit ihrem Lächeln, das gar nichts sagt, und das nur ein leuchtender Schmuck ist, mit dem sie sich plötzlich behängt. Sie hatte blanke braune Augen und fragte, den Kopf an die hochgezogene Schulter gedrückt: »Du reist?«

... »Ja. Aber es ist mir gleichgültig, wohin.«

»Ich muss noch vierzehn Tage Theater spielen. Bleib doch in der Nähe, in Meudon oder Sèvres. Ja? Willst du?«

Lo ging zum Sofa und ließ sich artig darauf nieder.

»Wenn du magst, nehmen wir ein Seineboot und fahren gleich hinaus. Du findest möblierte Villen, so viele du willst und kannst mieten, auf so lange du willst.«

Ich hatte mich nach Variot erkundigen wollen, aber jetzt fürchtete ich, taktlos zu sein. Lo sprach merkwürdig leise, mit einer flüchtigen Freundschaftlichkeit, die an eine ihrer schnellen, wie unwillkürlichen Liebkosungen erinnerte, so, wenn sie jemand eilig und mit abgewandtem Gesicht über den Ärmel strich, ganz kurz mit der flachen Hand die Hand des anderen berührte, für eine Minute jemandes Arm nahm ... Sie war eine entzückende Freundin! Sie hätte ruhig verheiratet sein können. »Du«, rief sie jetzt leise, »ich verspreche dir einen schönen, stillen Sommer. Wir werden Sonnenblumen pflanzen und nachmittags unter den Bäumen in illustrierten Zeitschriften blättern. Am Abend werden wir in einer Dorfkneipe mit dem Wirt Domino spielen. Wir werden uns wenig um einander kümmern und immer zusammen sein.«

Es war ein Glucksen und ein Lachen in ihrer stillen Stimme, sie führte, wie sie unbewegt dasaß, in Wirklichkeit einen ausgelassenen Tanz auf, schlug in die Hände, drückte sich an mich, zerrte mich und sah mich nach vorn übergebeugt an: »Nun, bist du lustig?« Aber sie wippte nur mit dem Fuß. Sie gab nur ihre großen klaren Augen hin. Sie dachte nicht daran, jemandes Geliebte zu sein ... Variot war so fern, wie ein Mitschüler, an den ich zehn Jahre nicht gedacht hatte. Und Lo kannte ich auch schon so lange! Sie war eben in Paris angekommen, und ich hatte sie hier erwartet. Nach einigem Zögern wussten wir, dass wir einander noch gerade so gut verstanden, wie vor zehn Jahren. Nur waren wir jetzt erwachsen ...

Zwischen Meudon und Sèvres sahen wir vom Dampfboot ein Tor, das mit Mietsanzeigen bedeckt war. Wir stiegen in Sèvres aus und gingen den Weg zurück bis vor das Tor, wo uns ein dickes, lächelndes Weib erwartete. Sie hatte uns mit natursüchtigen Kopfverrenkungen die Straße heraufkommen sehen. Während sie uns prüfend betrachtete, schloss sie das Tor zu, und als sie damit fertig war, erklärte sie auch schon, dass sie ganz etwas Passendes für uns habe. Sie steckte den Zipfel ihrer Schürze hoch und führte uns zwischen steilen, mit Efeu und wildem Wein bewachsenen Mauern, die in glatten Windungen den Berg hinaufgingen, wie durch grüne Festungsgräben, an deren Rand sich die Villen in den Abendhimmel reckten. Die Frau öffnete eine enge Gittertür, die Schelle darüber heulte und sprang wie ein Kettenhund, der gegen einen Fremden anrennt. Die Villa »passte« uns wirklich. Sie war schmal und drei Stockwerke hoch. Die untersten Zimmer führten auf eine Terrasse, und wir sahen, wie ein Wunderbaum im Horizont langsam, in der wachsenden Nacht, seine unzähligen leuchtenden Knospen öffnete ...
»Paris«, flüsterte die Alte.
Sie rollte feierliche Augen.

Lo stand morgens als Erste auf. Ich hörte im Halbschlaf, wie sie die Fenster ihres Zimmers öffnete. Es blieb eine Weile still, und ich nahm an, dass sie einen Schleppdampfer bewunderte, der ein halbes Dutzend schwere Kähne einen gelehrten Bogen um die Spitze der Insel St. Germain beschreiben ließ. Oder sie zählte die weißen Büsche, die aus den Mauern des Tauben-Schießplatzes flatterten und im Knall eines Schusses verschwanden. Dann rückten leise die Stühle, sie lief in kleinen hastigen Schritten über den Gang ins Toilettezimmer. Die Wasserleitung rauschte. Die kleinen, hastigen Schritte kamen wieder, sie rührten sich im engen Zimmer, liefen über den Gang zurück, bis sie plötzlich verstummten und Lo zu summen begann. Jetzt frisierte sie sich. Ich schlief ... Zweimal heulte die Glocke der Gartentür, und Lo war aus dem Dorfe zurück. Sie hatte eingekauft. Ich hörte sie in der Küche.

Jetzt war es an mir, aufzustehen.

Der Frühstückstisch prangte mitten in der Sonne, unter dem grünlichen Glasdach der Veranda, an deren Enden, auf halbrunden Bänken übereinandergetürmt, ziegelrote Geranien sich in einem Winkel Schatten verkrochen. Die gelben Rosen im hohen Glas hatten einen helleren Glanz um sich wie eine Aureole. Das Tischtuch blendete, wenn man aus dem Zimmer trat, an den Tellern und an den Tassen flitterte Sonne. Die Kieselsteine im Garten schienen mit unzähligen knisternden Flämmchen zu brennen ... Drunten im Tal, an der hell spiegelnden Seine, rann die Sonne die Pappeln hinunter. Die Erlen rumorten wie große weiße Bienenschwärme. Jenseits des Wassers stand der riesige Gasometer, hellgrau wie das ganze Land, der Dom dieser Landschaft, und hinter ihm trugen die Wipfel des Bois de Boulogne das große Strahlen des Himmels bis dorthin, wo Paris in einem dünnen silbernen Nebel schwamm. Sacre-Cœur auf der Höhe des Montmartre schien von weißestem Zucker. Der Eiffelturm hob sich schlank und schmal aus dem Dunst, so hoch, bis er, immer spitzer in den Himmel stoßend, die klare Bläue fand und nur noch ein goldener Knauf war.

Im Westen sah man St. Cloud, dessen Kirchturm wie ein Befehlshaber in der Mitte der zusammengedrängten Häuser den Abhang hinaufstieg. Ringsherum, über den geschweiften, zur Seine abfallenden Hügel verstreut, tauchten Villen aus dem Grünen, glänzten weiße Herrenhäuser, waren die Bäume zu Parkanlagen geordnet.

Wir saßen in Strandkörben und lasen die Zeitungen, die Lo im Dorf gekauft hatte. Ich arbeitete, und Lo nahm ein Sonnenbad. Nach dem Mittagessen gingen wir in den Garten und tranken Kaffee. Wir spielten Croquet, Lo erzählte. Ich setzte mich wieder an die Arbeit. Von der Veranda, die jetzt im Schatten lag, sah ich Lo sich in einem kurzen lila Hauskleid mit lila Krausen am Hals und an den Handgelenken im Garten herumtreiben. Sie fütterte die Katzen, die den ganzen Tag durch den Garten wanderten, große lang gestreckte Tiere, die selbstbewusst wie kleine Raubtiere auftraten. Sie zog sich Lieblinge, mit denen sie auf dem Grasplatz spielte, ganz in sie verliebt, bis eine andere mit gesenktem Kopf aus dem Gebüsch trat ... Sie tat einige Schritte auf dem Gartenweg ... Dann hob sie den Kopf und blieb stehen. Ihr starker Blick war auf Lo gerichtet, die sich vorsichtig in den Knien aufrichtete und die Hände vor sich auf den Boden stützte. Sie sahen einander an. Der Liebling, der sich gerade unter Los Händen auf dem Rücken gewälzt hatte, warf sich auf die ausgestreckten Pfoten, wölbte den Rücken und senkte ihn, bis der Bauch den Boden berührte. Er verharrte unbeweglich mit zuckenden Ohren, den Blick in den Blick des Eindringlings gebohrt. Der tat einen Schritt auf die Gruppe zu. Des Lieblings Schweif hob sich und schlug platt auf die Erde, er duckte den Kopf noch tiefer: Sofort blieb der andere stehen und prüfte Los Gesicht. Nun streckte Lo sich langsam neben ihrer Katze aus und hielt der andern eine lockende Hand hin, die sie in der Luft streichelte und mit Zucker fütterte. Sie schlich sich so am Boden an das Tier heran, das reglos wartete und sich langsam unter Los Hand zusammenduckte, oder aber es sprang eine Spanne vor Los Hand mit einem Ruck davon. Bekam Lo die neue Katze zu fassen, zog sie sie nach einigen Liebkosungen mit beiden Händen an sich. Sie gehörte ihr. Sie sollte es gut haben bei ihr. Und der Liebling musste fort, weil Lo immer nur mit einer einzigen Katze spielte.

Lo tat mehr, als nur mit Katzen spielen. Sie hatte in Paris ein Buch gekauft, »Der vollendete Gärtner«. Sie las viel darin, strich Stellen an, versah andere mit Ausrufungszeichen. Sie rächte sich mit erbosten Fragezeichen, wenn ein Kunstgriff misslang. Sie säte und legte Spaliere an. An einem einzigen Rosenstock machte sie sich, mit einer großen Schere, eine halbe Stunde zu schaffen. War sie endlich fertig, so trat sie einen Schritt zurück und betrachtete ihn lange. Worauf sie mit kleinen schlendernden Schritten und einem plötzlichen Lächeln für den Mann auf der Veranda, der ihr zunickte, auf den Grasplatz ging und sich über dem »vollendeten Gärtner« ausstreckte. Wenn sie genug gearbeitet hatte, fragte sie: »Gehen wir spazieren?« Ich kam zu ihr herunter, und wir gingen sehr langsam durch unsern Garten: die Büsche hinein, die Büsche hinaus am verfallenen Treibhaus vorbei, wo wir uns nach Mäusen und Spinnen umsahen, nach dem leeren Hühnerhof, für dessen Bevölkerung wir sorgfältige Berechnungen vornahmen, zum Stall, wo man ein großes Automobil hätte unterbringen können, über die wackelige Treppe zu den Kutscherzimmern im selben Gebäude, dann, am Haus vorbei, die mit runden Holzstämmen gehaltenen Stufen zwischen den Bäumen hinauf, in den hintern Garten bis zur Terrasse. Die Terrasse schloss sich gleich an das Haus an. Sie lag hoch wie der ganze hintere Garten, von dem man ins zweite Stockwerk trat, und war vom untern Garten bis hinauf mit Efeu bewachsen. Hier stand das Croquetspiel.

Wir wunderten uns nicht, dass wir hier zusammen waren ... Wir quälten einander nicht ... Wir langweilten uns nie ... Um 6 Uhr fuhr Lo nach Paris in ihr Theater. Sie vergaß nie zu sagen: »Schließ das Tor gut, und bevor du mich abholen gehst, stelle bitte das Wasser für den Tee auf ... Es ist bald zu Ende, wir spielen nur bis zum 29. des Monats ... Schließ das Tor gut zu.«

Sie kam mit dem letzten Zug aus Paris zurück. Es war immer nach ein Uhr. Ich erwartete sie auf dem leeren Bahnsteig, wo eine einzige Laterne brannte. Der Beamte war schon nach Hause gegangen. Auf der andern Seite der Bahn stieg der gemauerte Hügel fast senkrecht in die Höhe ... Wenn ich bis ans Bahnhofsgebäude zurücktrat, konnte ich über mir in den Bäumen das weiße Dachwerk unseres Häuschens sehen. Die Drahtseilbahn, die den Berg hinaufführt, schnitt schwarz in den Himmel. In der Ferne waren die kleinen Lichter der Brücke von Sèvres, unter ihnen hingen gelbe Lichtstreifen, die das Wasser bewegte.

Ich hörte den Zug in St. Cloud pfeifen: Dann dauerte es noch zehn Minuten ... Ich sah den Rauch der Lokomotive: Er fuhr in Sèvres ein. Er pfiff wieder: Jetzt eilte er auf unsere Station zu.

Gewöhnlich war Lo der einzige Fahrgast. Der Zugführer nahm ihr die Karte ab und lief, während der Zug sich in Bewegung setzte, zur Laterne, die er in einem Luftsprung und mit einem Schlag auf den für stangenbewehrte Laternenanzünder berechneten Hebel auslöschte.

Solange Lo nicht einschlief, war sie auch nicht müde. Während ich die Abendblätter las, die sie mitgebracht hatte, zog sie sich um. Dann half ich den Tisch decken. Lo trug ihren tiefgrünen Frisiermantel, sie war blass, die Augen hatten ihre dunkelste Stunde. Das Haar war gelockert. Es hing wie zwei schwarze Flügel um ihr Gesicht, in dem der geschminkte Mund zu rot war. Sie erzählte alles, was ihr begegnet war ... Sie erzählte, was andere ihr erzählt hatten ... Wenn eine Geschichte zu Ende war, saß sie gedankenvoll da, bis ihr eine andere einfiel. Sie erlebte den ganzen Abend noch einmal. Ich musste alles wissen, über jedes urteilen. Und dann war es an mir zu erzählen. Was mit der Post gekommen sei, was ich gearbeitet, an wen ich geschrieben habe ... Sie empörte sich gegen meine Feinde, sie schloss Freundschaft mit denen, die mir Gutes taten. Die Zeitungen hatte sie bereits im Zug gelesen. Dies war ihr aufgefallen und jenes. Sie urteilte über Politiker wie über Kollegen. Sie sah nicht auf die politische Überzeugung, sondern auf den wahrscheinlichen *Grad* der Überzeugung und vor allem auf die rednerischen Manieren der Abgeordneten. Im Grund beurteilte sie die Politik ihres Landes nur nach der *Replik*. Die Replik war für sie Gott und Vaterland. Wert und Ausdruck eines Einfalls entschieden über Recht und Unrecht. »Nicht wahr, eine langweilige Politik ist sinnlos?«, sagte sie. »Langeweile macht den Menschen unglücklich und also auch die Völker.«

Wenn einem ihrer Bevorzugten der Skandal drohte, wies sie die rächerisch gesinnte »öffentliche Meinung« der Konkurrenz von sich mit den Worten: »Alles, was recht ist! Ein Volk muss sich seine interessanten Männer etwas kosten lassen.« Wenn sie solches mit einem eiligen Lächeln äußerte, war sie sehr hübsch. Denn es gefiel ihr, was sie da sagte, obwohl sie nicht im geringsten darauf bestanden hätte, nun wirklich etwas Rechtes gesagt zu haben. Sie gefiel sich soweit, wie sie andere glücklich machte.

Los beide Zimmer, Schlafzimmer und Boudoir, waren unsere heimliche kleine Wohnung im großen Hause. Die andern Zimmer hatten wir gelassen, wie sie waren, langweilig und banal mit all dem unschönen Kram auf dem Kamin und an den Wanden. Aber Los Zimmer ordneten wir von Grund auf. Wir kauften alte Stiche für die Wände, Stoffe und Sessel, wir sammelten sogar ein Teeservice aus einzelnen Kannen und Tassen, die wir bei den Althändlern des lateinischen Viertels kauften. Lo sorgte auch dafür, dass immer Konfekt und feine Zigaretten da waren. Ich brachte schöne Bücher mit, in denen man mit Vergnügen blättern konnte, und andere, die aus irgendwelchen Gründen außerordentlich waren und gewissermaßen zu einer Einrichtung, wie die unsere gehörten.

Außer Lo und mir durfte niemand die Zimmer betreten. Unsere Gäste baten oft darum, unser »Museum« besichtigen zu dürfen. Lo duldete es nicht. Es war unser Liebesnest, und wir lachten, weil die andern vor der geschlossenen Tür in Träume von orientalischer Abgründigkeit verfielen. In Wirklichkeit ermangelte die Einrichtung jeder Üppigkeit. Aber alles erinnerte an unsere Liebe.

Ich telefonierte mit meiner Zeitung. »Die Regierung ist entschlossen, mit ganzer Energie ...«

Aber dann war die große Leere da, und die rollende Stille in der Leitung.

Ich schrie: »Hallo, sind Sie da? Hallo! Hallo!«

Ich krampfte mich am Apparat fest, drückte ihn an die Brust, und aus Leibeskräften, dass ich es wie Blech rasseln hörte: »Sind – Sie – da?«

Vielleicht war jemand da. Aber er verschwieg es.

Ich überdachte meine Lage ... Ich führe ein Nachtgespräch. Das Gespräch ist »reserviert« und »dringend«. Die Minute kostet zwölf Francs ... Gut ... Ich werde zum dritten Mal unterbrochen! Ich kann kaum sprechen vor Heiserkeit ... Gut ... Ich muss brüllen! Denn wenn alles gut geht: Sämtliche Mittelspersonen Lust am Leben haben, das Gespräch sich ungestört entwickelt und ich buchstabiere, dass die Leute auf der Straße erschrocken stehen bleiben, dann habe ich die Aussicht, in Deutschland zur Hälfte verstanden und zur andern Hälfte erraten zu werden. Der Kopf brennt. Der Nacken schmerzt. Wie nennt man das? »Hexenschuss!« Aber gälte es mein Leben, ich muss in dieser vorgerückten Stunde sagen, wozu die Regierung entschlossen ist. Das ist mein Beruf.

Um mich zu zerstreuen, – Gott, ich war ja so krank – sang ich »Hallo« auf alle Weisen, die so gut waren, mir in dieser Stunde der Prüfung einzufallen, manchmal verstummte ich, um den Apparat auf allen Seiten sorgfältig zu untersuchen. Er gefiel mir nicht. Die deutschen Apparate waren praktischer und schöner. »Oh«, flüsterte ich mir zu, wie wenn ich mir Stöße in die Brust versetzte: »Oh! Du bist geduldig, du!«

Stimmen! Ich hörte Stimmen, sehr fern, aber Menschenstimmen.

»All–o! All–o!«

Das war französisch ...

Es war Lo!

Sie hatte sich eine Leitung in ihre Garderobe legen lassen, um mir die sensationellen Dinge mitzuteilen, die sich doch immer in der lateinischen Welt ereignen konnten. Und davon hätte ich hier draußen natürlich nichts erfahren, und meine Zeitung wäre betrogen gewesen. Und darum telefonierte Lo Abend für Abend drei-, viermal und »sah zu, ob ich noch da sei«. Ich sagte mir jedes Mal, dass eine entzückende Freundin mich liebte.

»Wie weit seid ihr?«, fragte ich.

»Zwischen dem zweiten und dem dritten.«

»Erst!« Ich zog die Uhr.

Lo lachte.

»Wie weit dachtest du?«

Ja, ich hätte mich soeben auf der Uhr überzeugt, dass sie nicht weiter sein konnten. Schade.

Los Stimme wurde ernst: »Du, hör einmal.«

Ich beugte mich aufmerksam vor.

»Du kennst doch Herrn Bertrand?«

»Herrn ...?«

Wenn ich recht verstanden hatte, so kannte ich ihn nicht. Ich erwartete eine Aufklärung. Aber Lo bestätigte: »Ja, den bekannten Herrn Yves Bertrand, unsern ersten Regisseur.«

Der Kerl stand neben ihr ...

»Er möchte uns gern einmal besuchen. Ich ...«

Sie unterbrach sich, und ich vernahm eine männliche Stimme. Ich seufzte deutlich in den Apparat. Lo seufzte leise zurück. Der Herr neben ihr redete. Ich hörte Lo: »Ja ... gewiss ... ach? ... famos! ...«

»Nämlich«, erklärte sie dann, »du musst wissen, Herr Yves Bertrand liebt die Natur. Den vorigen Sommer hat er in der Bretagne zugebracht, auf einem Schloss ... Auf dem Schlosse des Herrn Barons von Vatrouille.«

Der Mann neben ihr unterbrach sie schon wieder! Aber ihre Stimme zitterte vor Entschlossenheit, da sie, ohne auf ihn zu hören, fortfuhr: »Diesen Sommer ist er bei einem andern Baron eingeladen. Ja, lauter Barone. So! Möchtest du ihn jetzt nicht selbst einladen? Er steht neben mir.«

»Hum!«

Pause.

»Hum?«

Ich schwieg.

»Na, und? All-o!!«

»Ja, ich bin da.«

Und ich lud Herrn Bertrand ein. Er werde sehen, dass wir eine außerordentliche Natur bewohnten.

Er zweifelte nicht daran. Es würde ihm ein Vergnügen sein ... Ich beschwor ihn!

Plötzlich senkte er die Stimme und raunte mir ein Geheimnis zu.

»Fräulein Lo hat heute einen glänzenden Abend. Das Publikum war außer sich nach dem Zweiten. In einem Wort: –« Er ahmte das Geräusch eines springenden Champagnerpfropfens nach. Ich wusste Bescheid.

Lo, behauptete ich, wäre mir nicht weniger wert gewesen, wenn sie ... (Denn ich fühlte mich schwachsinnig.)

Ich kam nicht weiter. »Ich weiß, ich weiß.« Der Herr schäkerte. Er »kannte das«, der Schuft.

Dann drückte er mir die Hand. Beide Hände.

»Aber die Kunst, das wissen wir am besten, die Kunst ist auch etwas wert.«

Wir waren Freunde.

Lo erhielt das Schlusswort. Ich stöhnte ihr zu: »Der Mann ist fürchterlich.«

Sie antwortete: »Nicht wahr, es ist nett von ihm, dass er sich über meinen Erfolg freut?«

Als eines Morgens die Torglocke ging und jemand, auf einem sehr tiefen und sehr hohen Ton »A–ha« sang, worauf die Glocke wieder in Bewegung gesetzt wurde, stürzte Lo auf die Veranda und rief: »Da ist er.«

Wir blickten angestrengt auf den Gartenweg.

Nach einer Weile trat unter den Bäumen ein großer, starker Mann hervor und blieb bewundernd stehen. Er war hell gekleidet und trug einen Überzieher überm Arm. Der Strohhut war in den Nacken geschoben. Seine weit geöffneten Augen schienen irr von dem vielen Grün der Bäume, die Lippen schwollen an, so schmeckten sie die Luft, die Nasenflügel blähten sich in tiefen Atemzügen. Langsam kam dem Mann, indes er gläubig nickte, die Besinnung wieder. Er sah uns. Er entschuldigte sich mit einem Lächeln, das hilflos sein wollte, hob den Hut und verneigte sich. Strahlend kam er auf uns zu.

»In diesem Reiche, Fürst, begrüß ich dich.«

Er nahm Los Hand: »Stell mich, bitte, deinem Herrn vor.«

Lo trug den Überzieher und den Strohhut ins Zimmer. Bertrand stand vor mir und betrachtete mich. Dann sagte er, als ob er mich trösten wollte: »Wir«... Er trat einen Schritt zurück und starrte mir in die Augen: »Wir werden uns nie verzanken.«

»Nein, nein«, antwortete ich.

Er legte mir die Hand auf die Schulter.

»Stehen Sie, bitte, auf ...« »Denn«, sang er, »ich sehe es wohl, Sie sind ein Mensch.« Er stieß mich liebevoll zurück: »Menschen sind seltener als kluge Tiere ... Und jetzt wollen wir essen!«

Lo kam zurück ... Bertrand rieb sich die Hände.

»Hübsch, die Kleine. Sehr hübsch.«

Er wandte sich vertraulich zu mir: »Die Natur macht hungrig. Seltsam.«

Lo legte mir den Arm um die Schulter und zeigte auf Bertrand, der höflich die Hand ans Ohr hielt: »Du darfst dich nicht wundern. Herr Bertrand ist nicht nur ein Original, aber er ist stolz darauf. Wenn er gegessen hat, wird er sich beruhigen. Er schläft nach dem Essen.«

Der andere nickte.

»Aber ja, aber ja, man wird sich kennen und schätzen lernen.«

Lo drückte sich beruhigend an mich.

»Er ist auch nur geistreich, solange er nicht gesessen hat ... Übrigens, Bertrand, wie oft essen Sie am Tag?«

»Viermal, Schatz, nicht mehr als viermal. Aber mein Ruf leidet darunter, dass man mich immer nur zwischen den Mahlzeiten sieht.

Lo ging in die Küche, und ich musste mich mit dem Regisseur über das deutsche Theater unterhalten. Er hatte Kainz gesehen und fand, dass er sich zu sehr anstrenge, seine Größe durch schauspielerische Dialektik herabzusetzen. »Große Schauspieler«, flüsterte er, »können nicht Theater spielen.« Er beugte sich lächelnd vor: »Verstehen sie wohl! ...« Er zeigte mit Fäusten auf sich: »Ich spiele Theater ... Aber Antoine! Spielt Antoine Theater? Er brütet über Darstellungen, wie sie kein Mensch verwirklichen kann. Das tut ein großer Schauspieler!«

Er hatte die Hände in die Hosentaschen gesteckt und starrte mit großen blauen Augen vor sich hin. Die dicken Backen glänzten. Die grauen Haare waren über einer starken Stirn in die Höhe gebürstet. Der Mann machte den Eindruck eines traurigen Boxers.

»Ich bin Variot begegnet«, sagte er abwesend. »Er wohnt dahinten.« Sein Kopf deutete den Berg hinauf. »Ich habe ihm gesagt, dass er herkommen soll. Es ist dumm, wenn Menschen leiden ... Er hat ein gutes Stück geschrieben. Eine Rolle für Lo.«

Und er sah plötzlich auf, wie um meinen argwöhnischen Blick nicht zu versäumen ... Langsam hob er die Hände und sang leise: »Ruhig mein Lieber, ich kenne Lo. Fürchten Sie nichts. Was vorbei ist, ist vorbei. Deshalb soll er herkommen. Vielleicht hasst er Sie jetzt. Wenn er Sie wiedersieht, wird er finden, dass Sie nicht hassenswert sind. Es ist gut, dass Dichter an den Frauen leiden, dafür sind sie da. Aber die Männer verdienen diese Aufmerksamkeit nicht.«

Lo rief zum Essen.

Bertrand sprang auf und zog, den Hochzeitsmarsch aus »Lohengrin« blasend, ins Esszimmer. Vor seinem Platz brauste er den Gesang zu Ende, dann setzte er sich.

»Lustig, lustig«, rief er und griff zu den Hors d'œuvres. Lo verlangte Ruhe.

Ich sagte: »Variot kommt heute Mittag zu uns.«

Sie sah lächelnd zum Regisseur hinüber: »Er kuppelt Freundschaften zwischen einstmaligen Liebenden. Er tut es um so lieber, als er dann nicht mehr eifersüchtig zu sein braucht. Eine Art Revanche in Güte, nicht wahr, Bertrand?«

Der Regisseur lachte über Sardinen, die er hurtig in Butter rollte.

»Ja, ich bin sehr pervers ...!«

»Ein Ungeheuer sind Sie«, sagte Lo heftig, »das aus seiner Schwerfälligkeit Nutzen zieht, nachdem es vergeblich versucht hat, sie abzulegen.«

»Richtig«, nickte der andere und balancierte die dicke Butterpackung der Sardinen auf ein Stück Brot.

Auf Los Stirn verschwand die senkrechte Falte über der Nasenwurzel, sie sah mich fragend an, und als ich bejahte, nahm sie gleich wieder ihr leise um den Mund fliegendes Lächeln an.

»Sie wuchern mit Ihrem Stück Plumpheit wie ...«

Bertrand schluckte schnell den Bissen hinunter: »Wie Frauen mit ihrer Jungfräulichkeit.«

Lo ließ sich ihren Vergleich nicht nehmen: »Wie gewisse Schauspielerinnen mit ihrer mütterlichen Stimme.«

»Oh, prachtvoll!« Bertrand hob den Zeigefinger: »Ausgezeichnet gesagt.« Während er sich bückte, um eine neue Sardinenladung zu bereiten, warf er mir das Lob hin: »Die Kleine ist gescheit, und« – er tippte Lo auf die Hand – »ihre Diskretion geht so weit, dass man es tagelang nicht merkt.«

Er gestattete uns, vom Tisch aufzustehen, bevor er selbst mit dem Essen zu Ende war. Nach einer Viertelstunde zeigte ihn mir Lo, wie er auf der Chaiselongue lag und mit geschlossenen Fäusten und offenem Munde schlief.

»Siehst du«, flüsterte sie, »er hält den Schlaf mit den Fäusten fest. Er liebt nichts so sehr wie den Schlaf. Er liebt ihn leidenschaftlich.«

Der große Mann atmete in tiefen Schnarchtönen. Die Stirn strotzte von Willenskraft. Sein Gesicht war ernst und entschlossen. Die Chaiselongue unter den starken Fäusten schien von der Energie des Schlafenden zu zittern.

Lo zog mich leise auf die Veranda zurück.

»Er ist ein Schwächling, oder wenn du willst, ein guter Kerl, der sich überlegt hat, dass er nicht anders kann ... Aber er verdirbt mit seiner Klugheit alle, die ihm nahe kommen. Er hat das Gleichgewicht nicht gefunden und strengt sich an, es die andern verlieren zu lassen.«

Sie machte ein angestrengtes Gesicht und wandte sich ab, weil sie sich böse fühlte. »Lo!«, bat ich ... Da kam sie gleich wieder, mit ihren in Klugheit getauchten Augen und dem zu roten Mund und sagte lächelnd, während sie, die Hüften ein wenig vorgestreckt, sich mir wiegenden Ganges näherte: »Es macht nichts, ich habe ihm viel zu verdanken. Ich würde heute auch mit ihm fertig.«

Sie sprach zu mir wie zu einem heimlichen Bundesgenossen ...

Ich zog sie schnell an mich und küsste ihre Lippen, die ein wenig hart waren von der Schminke. Sie gab sich in einer schmelzenden Biegung ihres ganzen Wesens, rückhaltlos, und ohne zu zögern ...

Bertrand hatte ausgeschlafen. Wir hörten ihn durchs Haus poltern und rufen. Ich wollte Los Arm von meiner Schulter heben und dem Regisseur entgegengehen. Aber Lo hielt mich fest, ihr Arm presste sich enger um meinen Rücken.

»Lass ihn rufen«, sagte sie. »Er ist doch auf dem Land, und da gehört es zum Vergnügen, dass man im Haus herumgeht und laut ruft.«

Wir saßen zusammen in einem breiten Korbstuhl unter den Kastanienbäumen, in deren übereinandergetürmten Büschen weiße Blütenkerzen aufgesteckt waren. Sprachen wir? Ich hätte mich der Worte nicht entsinnen können ... Wir sahen in den Baum über uns, verfolgten das Schaukeln eines Zweigs, auf dem sich ein Vogel rührte ... bis er aufflog und der Zweig nach einem kleinen heftigen Schrecken immer leiser schwang und dann in die Ruhe des großen grünen Baumes einging ... Die Katzen waren vorübergeschlichen ... Einige hatten Lo erkannt und sie eine Weile unbeweglich angesehen. Sie rief sie nicht. Sie nahm die Wange nicht von meiner Schläfe. Sie strich nur mit einer flüchtigen Bewegung über meinen Arm, legte die flache Hand ganz ruhig auf mein Knie, und die Katze war weitergegangen ... So kamen und schwanden in der zärtlichen Stille die »andern« und waren wie Liebkosungen. Wir hatten in einer Verzauberung gelebt, es war Los Geheimnis, solche Verzauberungen zu bewirken. Es geschah nichts, aber das Geringste an ihr dämpfte alles ab, fügte es in eine leidenschaftliche Sanftmut ein, ihre stille Hingabe war so groß, dass ich in langen Minuten selbst ihre Gegenwart vergaß. Ihre leisen Bewegungen fielen wie lautlose Ruderschläge, die uns durch die Stille weiter trieben. Sie verursachten immer eine kurze Unruhe, süß wie ein Schwindelgefühl, das vorübergeht.

Der Regisseur stampfte mit ungeduldigem Gesicht die Stufen hinter dem Haus herunter. Wir sahn seine Beine und den spähend vorgebeugten Kopf zugleich in den Bäumen auftauchen. Er entdeckte uns, und gleich verschwand sein Kopf in der Höhe, um erst nach einer Weile am Ende des großen, gemächlich unter den Ästen herabsteigenden Körpers in strahlender Hausbackenheit wiederzukehren.

Er setzte sich uns gegenüber und schlug die Beine übereinander.

»Gut geschlafen. Von den Schätzen der Erde geträumt, in die ihr euch unterdessen geteilt habt. Ihr wartet wohl auf Variot?«

Die Glocke läutete. »Da ist er«, sagte er mit dem Gesicht eines Menschen, der gewohnt ist, dass ihm die Natur gehorcht.

Ich wollte aufstehen. Lo drückte mich auf den Stuhl zurück und schloss auch den andern Arm um meinen Hals. Das tat sie ohne Hast und indem sie ihr Gesicht neben das meine herabbeugte und mir das lächelnde hinhielt.

Bertrand betrachtete uns und ließ Variot herankommen. Ohne den Kopf zu wenden, rief er dröhnend: »Hierher, großer Dichter. Man erwartet Sie.«

Dabei blinzelte er uns schelmisch zu.

Als Variot vor uns stand, erhob sich Lo und stellte sich hinter mich. Ich begrüßte ihn. Er wollte mit bleichem, verwirrtem Gesicht auf Lo zugehen, aber er zog die ausgestreckte Hand zurück und gab sie mir.

»Mein Lieber, ich freue mich, dass du uns aufsuchst«, sagte Lo, die meinen Arm nahm. »Seit wann wohnst du hier?«

Variot blickte ihr starr in die Augen, er stand mit schlaffen Armen und ließ den schwarzen Filzhut von einer Hand in die andere wandern. Plötzlich schlug er die fiebrigen Augen nieder und stammelte blöde lächelnd: »Einen Augenblick, bitte, ich muss mich daran gewöhnen.«

Ich fühlte Los Arm zittern. Bertrand hatte sich abgewandt und senkte die Hände langsam in die Hosentaschen. Dann schien er mit zurückgeworfenem Kopf angestrengt zu lauschen. Die Intelligenz seines Rückens war außerordentlich. Vielleicht hatte der Mann seinem Rücken durch die Gewohnheit, die Welt von hinten zu betrachten, die Empfindlichkeit einer Membrane verliehen. Er stand da wie ein Apparat zur präzisierten Aufnahme von Gesprächen ... Wahrscheinlich war dieser Rücken mit dem Gesichtssinn ausgestattet ... Er hörte und sah mit dem Maximum der Aufmerksamkeit. Variots Blicke glitten über ihn, sie betasteten das Ungeheuer mit nervösen Griffen.

»Schade«, äußerte Bertrands Bariton. Da stieß ihn Variot auch schon, dass er einen Schritt vorwärtstaumelte. Das Kunstwerk war zerstört. Bertrand ging mit ausgestreckten Armen auf Variot zu. Er sang.

»Lieber! Lieber! *Schade*«, sagte ich. »Aber für andere eine Ablenkung von schmerzhaften Dingen zu sein, ist vielleicht besser als das egoistischere Vergnügen, den Schmerz eines Dichters in den Gliedern zu fühlen.«

Variot schüttelte den Kopf, dass die schwarzen Haarbüschel tanzten. Er kam sich lächerlich vor und war bereit, sich mit dem großen Kerl zu prügeln. Bertrands Arme senkten sich auf seine Schultern: »Und vergessen Sie nicht, dass ich ein Stück von Ihnen aufführen werde, ein ausgezeichnetes Stück, ein Stück, das fast ein Meisterwerk ist! ... Ich bin also kein Untier, ich bin ein Künstler wie Sie, und was bedeutet der Ärger über einen Menschen neben dem Glanz einer Première, der das Morgenrot eines Ruhmes sein kann.«

Das Wort »Ruhm« kam aus Bertrands gerundetem Mund wie etwas Weiches, Langes und blieb eine Weile melodisch zitternd darin stecken. Dann stob es in einer Wolke Parfüm auseinander. Es durchdrang den ganzen Garten.

»Variot«, sagte Lo. »Hör zu: Ich geh jetzt dort in die Küche und bereite Tee. Du bekommst Kognak hinein! ... Unterdessen machst du mit den Herren einen Rundgang durch den Garten. Nachher sprechen wir von deinem Stück.«

Variot nickte lachend. Er sah mich mit hellen Augen an.

»Also«, begann Bertrand und setzte sich mit Variots Arm in Bewegung. »Also«, fiel ich ein, »wie ist das mit deinem Stück, und seit wann wohnst du hier draußen?«

Bertrand tätschelte Variots Arm. »Ich glaube, es ist günstiger für Ihr Stück, wenn Sie die zweite Frage zuerst beantworten. Aber da ich die Antwort schon kenne, geh ich zu Lo.« Er schob mir Variot zu und entfernte sich mit komischen Sprüngen, wie ein Kind, das Kavallerist spielt. Nach einigen Sprüngen stockte er und steckte die Hände in die Hosentasche. Er benutzte diese Spiele offenbar nur, um aufzutreten und als Abgang. Wenn er die Hände in die Hosentaschen steckte, so bedeutete das, dass er sich als hinter die Kulissen und ins Privatleben zurückgetreten betrachtete.

»Weißt du«, sagte Variot sofort. »Ich bin dir schrecklich böse gewesen. Ich wusste wohl, dass du mir Lo nicht genommen hattest, es hat sie nie einer genommen, aber wenn du nicht da gewesen wärst, so –« Er unterbrach sich und sah mich wehmütig lächelnd an: »So wäre es ein anderer gewesen. Der andere war fällig. Er war nicht zu vermeiden. Ich fühlte ihn kommen. Er stand vor der Tür. Gott, als es dann anklopfte, hätte ich sagen sollen: lieber du als ein anderer! Meine Eifersucht war zum großen Teil Empörung, weil du nichts zu merken schienst ... Sag einmal ...«

»Nein«, versicherte ich. »Es ist vorher nichts geschehn, wir hatten einander nicht berührt, bevor – die Tür aufging und ich hereintrat.«

Variot wiegte bedenklich den Kopf.

»Weißt du, ich kann das schwer glauben, weil ich, als die Reihe an mir war, gewaltig geklopft habe – ohne übrigens den Gang der Ereignisse im geringsten zu beschleunigen.

Immerhin: Ich klopfte. Und ich nähme es dir sehr übel, wenn du dasselbe getan hättest.«

»Natürlich«, sagte ich, und mit Pathos: »Aber es hat keine Überlegung, keine Vorbereitung gegeben. Nicht Mord, nur Totschlag.«

Der Regisseur kam angestürzt. »Extrablatt«, rief er, »Extrablatt!« Er leckte den Daumen und fuhr mit dem Arm durch die Luft, als ob er Zeitungen austeile. Bei uns angelangt, flüsterte er: »Die Art, wie Lo ihre Liebhaber wechselt, sollte diese mit ihr und alle untereinander aussöhnen.

Wir wiesen ihn ab. Wir besprächen ernsthafte Angelegenheiten, denen er fernstehe. Wir vertrügen keinen Geist.

»Bäh«, machte er. »Fernsteht? Seid Ihr sicher?« Verbeugung: »Pardon! Ihr könnt es sein!«

Er war wieder Kavallerist und galoppierte wiehernd davon.

Variot zwirbelte an seinem Spitzbart.

»Seltsamer Kerl, was? Ein Zyniker möchte man sagen. Und ich erkläre dir, er ist der beste Mensch, den ich kenne.«

Er schwärmte. Wessen Talent er anerkannte, dem schenkte er seine Freundschaft auf Lebenszeiten, dieser Bertrand. Solcher Menschen gab es nicht viele heutzutage, wo die Kunst nur noch als Luxus behandelt und als Handel betrieben wird. Man las ja manchmal in Biografien, dass junge, unbekannte Talente einem Meister Proben ihres Könnens einsandten und vom Meister postwendend aufgefordert wurden, den Koffer zu packen und unverzüglich in eigener Person zu erscheinen. »Ich bin Ihr Freund. Kommen Sie wie zu einem Freund. Mensch und Künstler sind eins.« Das gab es nicht mehr. Oder nur in seltenen Ausnahmen, für die man ein besonderes Pantheon bauen sollte. »Den Freunden der großen Männer.« Zu großen Männern gehören große Freunde. Zu kleineren erst recht, weil der Freund da manchmal bedeutender ist als der große

Mann selbst. Bertrand war sein Freund. Wenn er, Variot, bekannt wird und nicht mehr zu hungern braucht, so ist das einzig das Verdienst Bertrands.

»Hungerst du?«

Er hungerte.

»Freiwillig, aber ich hungere.«

Ob er nicht mehr bei seinem Advokaten arbeite?

Er arbeite nicht mehr für andere. Er hatte seine eigene Kundschaft.

Seine Hand fuhr in die Luft: »Früher bildete ich mir ein, dass ein großer Prozess mich bekannt machen könnte, worauf die Theater sich um meine Stücke gerissen hätten. Unsinn. Das Stück wird die Kunden bringen. Die Honorare werden mit der Aufführungsziffer steigen. Ich hatte den falschen Weg eingeschlagen ... Außerdem bekam ich keinen Prozess. Jetzt wird es anders. Um auf jeden Fall bereit zu sein, habe ich mich selbstständig gemacht. Du begreifst.«

Ich bewies es ihm, indem ich sagte: »Und dann kommt die Politik.«

Die blasse knochige Hand verbiss sich in den schwarzen Bart. Er nickte: »Dann kommt die Politik.«

Wir schritten schweigend auf und ab ...

Lo stellte das Tablett mit dem Teeservice auf den Tisch. Bertrand spielte den zerstreuten Kellner. Er trug ein Tischtuch auf dem Arm und starrte mit offenem Mund in den Kastanienbaum. Lo zerrte an dem Tischtuch, er merkte es nicht. Sie nahm das Tablett vom Tisch und befahl ihm zu decken. Er rollte die Augen. Plötzlich verbeugte er sich bis zur Erde und stürzte sich gebückt, das ausgebreitete Tischtuch in den Händen, über den Tisch. Er erhob sich: Das Tuch blieb glatt gestrichen liegen. Schnell riss er Lo das Tablett aus den Händen. Er hob es hoch, stolperte und fiel mit dem Geschirr auf den Tisch. Er ruderte mit den Armen, schlug den Kopf auf die Platte, dass die Tassen sprangen, schnellte mit einer Verbeugung zu Lo herum. Hoch aufgerichtet verkündete er: »Madame ist bedient.«

»So«, sagte Lo. »Jetzt legen Sie sich bitte unter den Tisch und knurren Sie, wenn jemand Sie anstößt.«

Der Regisseur schlürfte schon seinen Tee.

Variot erzählte: »Lo, du musst mein Stück lesen. Die Hauptrolle ist für dich geschrieben. Es könnte sie keine andere spielen. Es darf sie keine andere spielen.«

Er hüpfte vor Freude auf seinem Stuhl.

»Gott, wie bin ich froh, dass das Stück aufgeführt wird! Sagen Sie, Bertrand, ist das eine Rolle für Lo?! Hör nur, Lo! Nun, Bertrand, sprechen Sie!«

Der Regisseur spielte die bezeichnendsten Episoden der Hauptrolle.

»Einmal«, rief er begeistert, »im zweiten Akt brauchst du nichts anzuziehen. Das heißt, du brauchst nur soviel anziehen, wie du willst. Du liegst im Bett, mit deinem Geliebten. Variot äußert seine Verwunderung darüber, dass du die Augen aufschlägst und gleich wach bist. Der arme Kerl kann sich den Schlaf nicht aus den Augen reiben. ›Ein herrliches Wetter‹, sagst du. Die Sonne fällt durch die Gardinen. ›Ich erfahre immer schon, was in Paris für Wetter ist‹, antwortet Variot, ›wenn ich noch vom Tibet träume. Ich fühle es schon dicht neben mir.‹ Ihr liegt natürlich nur im Bett, damit du, Lo, dann Gelegenheit hast, dich anzuziehen. Wie Variot sich anzieht, ist natürlich weniger interessant. Deshalb bleibt er liegen und empfängt, nachdem du fortgegangen bist, den Besuch deines andern Liebhabers. Du hast nämlich zwei Liebhaber. Das heißt, den nächsten Akt sind es bereits drei, und das Stück schließt mit der Aussieht, dass die im letzten Akt erreichte Zahl von fünf Geliebten dir nicht lange genügen wird. Du wächst ins Uferlose. Wieso dir das Vergnügen macht, versteht kein Mensch. Mit Ausnahme Variots, der sich den zweiten Akt reserviert hat, um es zu verschweigen. Immerhin behält man den Eindruck, dass er der Einzige war, der dich hätte verstehen können ... ›*Die Wüste*‹ heißt das Stück.«

»Ah«, sagte ich, »dein glühend Reich dehnt sich von Ost nach West ...«

Variot lächelte beglückt.

»Ja, das Drama ist aus dieser Anregung entstanden.«

»Deine afrikanische Abwesenheit!«, erklärte ich Lo. Sie lachte Variot an, dessen Augen sie verzehrten. Ich sah seine Blicke um ihr schönes kaltes Gesicht flackern ... Los Augen waren ganz hell. Sie saß vor dem zitternden Mann, als sei nicht sie die Frau, der seine Unruhe galt, sondern eine unsichtbare Freundin neben ihr, mit der sie manchmal nachdenkliche Blicke tauschte.

Aber die Rolle gefiel ihr nicht. Es sei ja, meinte sie, für einen Dichter sehr hübsch, eine Frau festzuhalten, solang es ihm passte, und sie so zu gestalten, wie er sie in Wirklichkeit hätte haben wollen; gegen solche romantische Bequemlichkeiten habe sie nichts einzuwenden, wenn der Kunstgriff auch letzten Endes den Herrgott überflüssig machte, – aber sie wollte nicht im Bett liegen, um dann dem verehrlichen Publikum in die Operngläser hinein ihre Körperformen deutlich zu machen. Diese Ankleidegymnastik lehne sie ab. Das sei die Schauspielkunst für Tänzerinnen und akrobatische Damen, die nur auf einen Sprung vom Boulevard auf die Bühne kommen ... Sie sprach streng und nicht ohne Hohn.

Bertrand beruhigte sie mit einer Handbewegung, die alle Zweifel unter dem Gewicht seiner gediegenen Sachkenntnis erdrückte: »Ruhig, Kind. Die Rolle ist gut. Das Stück ist ein Schlager, mit Bett oder ohne Bett. Im Stück bist du bereits aufgestanden. Ich dachte nur, dass man das Publikum unmöglich so lange warten lassen kann, bis du mit der Toilette fertig bist. Und, abgesehen davon: Sag, mein Kind, kennst du Phryne? Hat Phryne vielleicht einen schlechten Ruf? Nein. Man nennt sie im selben Atemzug mit der Lucretia, der ebenfalls nicht sehr bekleideten Frau, die sich in allen Museen einen Dolch in den Busen stößt. Dabei genießt Phryne noch den Vorzug, dass man weiß, warum sie berühmt ist, wogegen man Lucretias Großtat erst im Lexikon nachschlagen muss. Ich rate dir, dich ins Bett zu legen. Wenn du nicht willst, so garantiere ich dir nicht, dass du die Rolle bekommst. Der Direktor hätte sie dir sonst sicher gegeben, weil du, in der betreffenden Szene, geradezu eine Entdeckung für unser Publikum gewesen wärst. Und wozu glaubst du wohl, dass die Fremden ins Theater gehen?«

Lo wandte sich zu Variot.

»Ich spiele die Rolle nicht! Die Rolle ist sehr lustig, aber ich spiele sie nicht.«

Variot sah Bertrand untertänig an und murmelte: »Ich meine auch! Es ist doch ein literarisches Stück. Sie haben es selbst gesagt.«

Der Regisseur machte uns allen dreien eine Verbeugung, die bedeutete: »Bitte, so spielt ihr das Stück allein.« Variot wagte nicht mehr aufzublicken. Er rieb den Saum des Tischtuchs zwischen Daumen und Zeigefinger und stach sich fortwährend mit der Bartspitze in die Brust. Ich, ich dachte: »ein beruflicher Zwischenfall«, und freute mich, dass Lo aufmerksam kleine Schlucke Tee trank und nicht im geringsten erschüttert schien.

»Ihr werdet mir die Rolle geben«, sagte sie endlich, »weil ich eine ziemlich hohe Gage, aber keine Spielgelder habe. Es ist noch der Kontrakt, den du mir gemacht hast.«

Sie wollte lächeln. Aber vor Bertrands bösem Blick schnellte eine senkrechte Falte über die Nasenwurzel, dunkelten plötzlich die Augen und warfen die Lippen sich hochmütig auf.

»Ja, mein Lieber, dein Kontrakt, wie ich deine Entdeckung war. Ich bin dir sehr dankbar. Aber schuldig, Bertrand, bin ich dir nichts. Denke nach ... Lass den Direktor weiterhin glauben, dass ich dein Geschöpf bin, da es dir Vorteile verschafft. Aber vergiss nicht, dass ich es schon lange nicht mehr bin und es nur so lange war, wie es jede Frau für jeden Mann gewesen wäre und ...«, sie senkte ihr helles festes Gesicht in seinen starren Blick: »werde dir endlich ganz bewusst, dass meine Freundschaft für dich selbst in den Augenblicken, wo dich meine Geduld erstaunen mag, nur Dankbarkeit ist, nichts als Dankbarkeit. Du kannst klüger sein als ich, aber ich bin glücklicher und deshalb stärker. Ich bin sogar mehr glücklich als ehrgeizig. Dagegen kommst du nicht an!«

Bertrands Gesicht hatte sich zu einer eisernen Grimasse verzogen. Er erinnerte an einen Greis, dem ein Augenblick furchtbaren und ohnmächtigen Hasses im Gesicht stehen blieb, und der seitdem mit einer Maske herumgeht, die seine armen zitterigen Augen Lüge strafen. Als Lo geendet hatte, schloss er die Augen und öffnete sie wieder, das tat er einige Mal und immer mit einer großen Anstrengung, als wollte er mit dieser Bewegung seine Kräfte zusammenhalten. Seine Augen wurden trüb, sie füllten sich mit Tränen. Zugleich entspannte sich das Gesicht. Er ließ den Kopf hängen und sah uns von unten her unsicher an. Variot und ich erhoben uns ... »Komm«, sagte Lo, die seine Hand nahm, »komm«, sagte sie sanft »seien wir wieder gute Kameraden!«

»Mu ... Mu ...« Er konnte nicht sprechen. Dann hörten wir ihn klagen: »Musstest du mir das auch noch vor andern antun?«

Die Abgeordnetenkammer war der Arbeit müde und wollte um jeden Preis schnell damit fertig werden. Sie tagte in der Frühe, sie hielt Nachtsitzungen ab. Die Mehrheitspartei schlug sich, mit der sprunghaften und nachlässigen Tapferkeit eines sieggewohnten Haufens, durch Budgetfragen und Interpellationen, die Abstimmungen folgten einander, Sieg auf Sieg. Es ging spielend, aber es dauerte lang. Trotz des entschiedenen Vorwärtsmarschierens tauchten immer neue Schwierigkeiten auf, durch die sich die Mehrheit, zu dreihundert in einem Knäuel zusammengeballt, einen Weg bahnen musste. Dabei ging es dann nicht immer vorsichtig genug her, es wurden Ungeschicklichkeiten begangen, überflüssige Gewalttaten, auffallende Ungerechtigkeiten, die alle Unzufriedenen aufreizten und unerwartete Bündnisse zur Folge hatten. Zwei Parteien bildeten sich, von denen die eine ihre Kraft an der andern ausließ, und diese, jeden Vorteil ausnützend und auf der Lauer nach einer Stunde, wo die Sieger von der ewigen Anstrengung erschöpft wären, sich zurückhielt, aber ohne den Widerstand aufzugeben. Und manchmal gab es Stockungen und Anfänge von Panik in den Reihen der Regierungstruppen, die, wie man sagte, das Schlimmste befürchten ließen. Die Abgeordneten lebten in einer unleidlichen Aufregung, die noch von ihren Familien geschürt wurde. Die Gatten und Väter des Palais Bourbon hatten ihre Familien entweder bereits in die Ferien entlassen und brannten nun vor Ungeduld, ihnen nachzufolgen, oder die Familien warteten unter beschwörenden Gebärden und Verwünschungen auf das Signal zum Beginn der Sommerfreude. Die Minister gar waren außer sich. Nicht nur, dass in den von ihnen auserwählten Badeorten schon Wohnungen gemietet, ihre Landhäuser schon gelüftet waren. Aber sie empfanden die Verstocktheit der Opposition als eine unverdiente Kränkung und ihre Geduld als ein Mangel an Anstand – an elementarster Menschlichkeit. Sie hielten die immer wiederholten Angriffe in Anbetracht ihrer offenbaren Aussichtslosigkeit für eine elende Schikane, zu der ernsthafte Politiker sich, wie sie laut erklärten, nicht hätten hergeben sollen. Dagegen schöpfte die Opposition aus ihrer eigenen Ungeduld und der immer fassungsloseren Nervosität der Gegner Schätze von Energie. Sie hatte nichts zu verlieren und konnte deshalb alles wagen.

Unter den bürgerlichen Oppositionellen tat sich ein junger Abgeordneter hervor, der bisher wenig beachtet worden war. Als er am zweiten Tag plötzlich das Wort nahm, glaubte man seinen Namen zum ersten Mal zu hören: Emile Cunin. Er ging auf die Rednertribüne, um gegen die falsche Auslegung eines Wortes zu protestieren, das ein unterdessen erkrankter Freund und Parteigenosse am Vorabend geäußert hatte. Er sprach ziemlich leise, aber sehr deutlich, in artig gerundeten Wendungen. Seine Stimme hatte einen hellen Klang, der freundlich berührte wie sein junges klares Gesicht und seine Wohlerzogenheit. Er war nicht groß und nicht klein, ziemlich rund, aber biegsam. Auf den breiten Schultern saß gleich ein starker, hell umrissener Kopf mit breitem Kinn, breiter Stirn und grauen Augen. Das Gesicht war gebräunt, das sorgfältig gescheitelte Haar, der knappe Schnurrbart hellblond. Er verbesserte den Ministerpräsidenten, der das Wort zitiert hatte, und fügte mit einer entzückenden Höflichkeit ein paar blitzschnelle Bosheiten hinzu. Er sprach keine fünf Minuten. Als er die Tribüne verlassen hatte, blieb in allen die Erinnerung an etwas Formvolles, Fliegendes, Aufleuchtendes zurück ... Man sah sich nach ihm um, wenn er in den Sitzungssaal trat. In der Salle des Pas-Perdus, dieser verrauchten Sakristei der Politik, wo sich die Abgeordneten unter ihre Klientel von durchgefallenen Kollegen, Journalisten, Beamten, Wahlmännern und freieren Liebhabern der Regierungskunst mischen, zeigte man ihn einander; man suchte seine Bekanntschaft zu machen. Emile Cunin nahm dieses Interesse mit der größten Korrektheit entgegen; er schien weder geschmeichelt, noch überrascht, er war liebenswürdig, und er hütete sich, den Neugierigen geistreich oder gar als hervorragender Zeitgenosse zu begegnen. Dadurch erwarb er sich, in zwei, drei Viertelstunden den Ruf, nicht nur ein sympathischer und redegewandter, sondern auch ein kluger Mensch zu sein.

Während der Nachtsitzung, die dem Auftreten Cunins folgte, ließ mich Variot in die Salle des Pas-Perdus rufen. Er stand vor der Treppe, die zu der Journalistenloge führt, den spitzen Filzhut in den Nacken geschoben, die Hände auf die Hüften gestützt, mit herausforderndem Gesicht.

Ich erriet, dass Cunins Erfolg ihn in die Kammer gelockt hatte. Er kannte den Abgeordneten von der Schule her. Cunin hatte ihm einmal eine freie Fahrt an die Riviera verschafft.

»Habe ich dir nicht schon immer gesagt«, begrüßte er mich, »dass Emile Cunin ein Kerl ist? Gib acht, wie er es anstellt ... Ich habe mich von ihm hereinführen lassen. Die Abendblätter bringen seine ganze Rede, sie versehen sie mit den schönsten Komplimenten. Das ist ein Erfolg, mein Lieber!« Wir spazierten Arm in Arm durch die Salle des Pas-Perdus. Er lehnte sich auf mich und sprach mir ins Ohr. »Cunin ist mein Mann. Er wird mir den Weg bahnen. Allein käme ich nie in die Politik, das ist zu kompliziert und kostet zu viel Geld. Aber Cunin ist ein politisches Tier, mit allen Instinkten der Rasse ausgestattet, ein sehr verfeinertes Exemplar, wohlverstanden, ... deshalb um so gefährlicher. Wenn er mich auf den Rücken nimmt, habe ich nichts zu fürchten. Wie ich seit Jahren darauf warte, dass er losgeht! Denke nur, drei Jahre sitzt er schon in dieser Kammer, drei Jahre hält er die Augen auf, blickt um sich, horcht, errät, überlegt – und schweigt.«

Ich teilte Variots Bewunderung. Cunin glich keinem von denen, die uns hier umdrängten. Sie schwatzten und flüsterten in den Ecken, manche sahen gut aus, alle waren klug und erfahren, aber sie vermischten sich, es war schwer, den einen vom andern zu unterscheiden. Sie litten an einer zu großen Familienähnlichkeit. Sie waren die Masse. Man brauchte Cunin nur zu sehen, um seine besondere Kraft zu fühlen ...

»Cunin ist mein Mann«, wiederholte Variot und ließ einen triumphierenden Blick über die Zigaretten rauchenden Gruppen schweifen, die den weiten Raum füllten. Mir war, als ob ich mit Cunin selbst lustwandelte und Cunin mir die Kraft gäbe, mich allen diesen politisierenden Menschen überlegen zu fühlen ...

»Aber«, fragte ich ernüchtert, »was wird denn *deine* Genugtuung bei dem Handwerk sein, wenn du nur das giltst, was Cunin für dich tut?«

Variot schüttelte heftig den Kopf.

»Was ich in der Politik suche, ist etwas, wovon Cunin gar nichts versteht. Er will sich in die Höhe bringen.«

Seine Faust öffnete, in der Luft, heftig eine Tür: »Er will alles allein sein; wie soll ich sagen: Er will auf dem Gipfel seiner Laufbahn das politische Frankreich selbst sein.« Er zog die Tür wieder zu: »Ich, ich will dabei sein, um ihn in der Nähe zu betrachten. Er ist der Schauspieler. Er schafft und stirbt. Ich mache aus ihm eine dauernde, allen politischen Kämpfen entrückte Gestalt, die in ihrer Menschlichkeit das bleibenswerte Bild von dem gibt, was in seinen Äußerlichkeiten und zufälligen Fügungen morgen verronnen sein wird ...«

Alle drängten nach den Türen. Die durcheinander lärmenden Gespräche fielen wie ein Schwarm Vögel zu Boden. Die Abgeordneten drückten einander durch die Tür zu den inneren Wandelgängen, die zwei Diener wie die Flügel eines Käfigs weit geöffnet hielten. Ich hielt einen Journalisten fest, der an uns vorübereilte.

»Was geschieht?«

»Krach!«, rief er und sprang die Treppe zu den Tribünen hinauf.

»Schnell«, sagte ich fiebernd ... Variot drückte meine Hand und behielt sie in der seinen. Er sei in der Präfektenloge untergebracht, erklärte er, und wolle nur nachsehen, ob Cunin im Spiel sei. Wenn nicht, hole er Lo ab und fahre mit ihr nach Hause.

Er ließ meine Hand los. Aber nun hielt *ich* ihn am Ärmel zurück. Nein, Lo käme nach der Vorstellung hierher. Er solle solang in seiner Präfäktenloge aushalten ... Ich zog ihn die Treppe hinauf ... Wenn es für mich zu spät würde, könne er noch immer mit Lo nach Hause fahren. Er versuchte auf jeder Stufe haltzumachen, um hinter mir zurückzubleiben. Er hatte wohl schon keine Lust mehr, die Präfektenloge zu beziehen. Wahrscheinlich überlegte er, ob es nicht geraten wäre, gleich auf und davon zu gehen; vielleicht konnte er sonst mit Lo nicht allein sein, denn wer garantierte ihm, dass die Sitzung bis nach Mitternacht dauerte?

Ich sagte, und dabei presste ich die Nägel in das Stück Ärmel, das ich gefasst hielt: »Wenn Lo nicht vorzieht, in der Stadt zu bleiben!«

Ich zog an, aber er riss sich los und versicherte mir, nachdem er sich mehrere Stufen unter mir in Sicherheit gebracht hatte: »Ich habe genug Politik für heute. Ich geh zu Lo.«

Es machte mir keine Freude, ihn jetzt zu verlieren. Ich versuchte ein Letztes.

»Und Cunin?«, fragte ich. »Du wolltest mich doch Cunin vorstellen!«

Er war schon die Treppe hinunter.

»Nachher, nachher!«

Er drehte sich nicht einmal nach mir um ...

Die Pultdeckel klapperten. Auf der Rednertribüne stand ein Mann, der sich im Lärm verständlich zu machen suchte, er öffnete und schloss den Mund, er beugte sich nach rechts, er eilte nach links, er bellte zu den Stenografen hinunter und benahm sich wie ein Taubstummer, der gehört werden wollte, und wenn er dabei das Leben ließe.

Der Präsident hatte sich von seinem Thron erhoben und schien schwere Steine unter die Abgeordneten zu werfen. Die taten, als merkten sie es nicht. Der Mann auf der Tribüne zog ein Taschentuch und wischte sich den Schweiß von der Stirn. Der Lärm hörte auf ... Schnell fuhr das Taschentuch in die Luft, ein Trompetenton erklang: »Meine Herren ...«

Der Präsident setzte sich, der Mann sprach. Von Zeit zu Zeit brach der Lärm von Neuem los. Dann trocknete der Mann sich die Stirn, es trat Stille ein, und die Rede ging weiter. Aber nach einer Weile entfesselten selbst die originellsten Äußerungen keinen Widerspruch mehr. Der Redner überbot sich in Serien von kleinen Sturmläufen. Die Mehrheit ließ sich in dem einmal angeschnittenen Plauderstündchen unter Nachbarn nicht stören. Als nach einer halben Stunde noch immer keine Zeichen von Erschöpfung an ihm zu bemerken waren, leerten sich die Bänke. Auf der einen Seite saßen sechzig todernste Männer: die Sozialisten. Sie hielten tapfer zu ihrem Redner. Am andern Ende des Halbkreises, von den Sozialisten durch eine Wüste von leeren Bänken getrennt, saß ein einziger Konservativer und ließ sein rundes, in eine weiße Weste gezwängtes Bäuchlein unter den gefalteten Händen hüpfen. Sein rotes kindliches Gesicht strahlte mit tausend Fältchen, zwischen denen die Augen ganz verschwanden. Er lachte, wie andere schlafen ... Der Redner bemerkte ihn zuerst. Er war so überrascht, dass er mitten im Satz abbrach und mit dem Finger hinzeigte. Die sechzig Sozialisten polterten von ihren Sitzen! Sie standen, eine finster drohende Masse, da und schrien zu dem kleinen einsamen Mann hinüber. Der schüttelte nur den Kopf, wobei das Bäuchlein noch heftiger ins Tanzen geriet und die Falten sich noch mehr zusammenzogen. Ein maßloses Staunen bemächtigte sich da der sechzig Aufrechten. Sie sahen, aber sie verstanden nicht. Einige Sekunden herrschte vollkommene Stille. Schließlich zuckte der Redner mit der Achsel und räusperte sich. Er wollte weitersprechen. Die sechzig zuckten ebenfalls mit der Achsel. Niemand schien sich mehr um den kleinen Mann zu kümmern. Aber an den langen Seitenblicken, die sie hinübersandten, und an den heimlichen Beratungen merkte man, dass sie zweifelten, ob der da drüben irrsinnig geworden sei, oder ob er im Auftrag der geflüchteten Abgeordneten handelte. Ist das ein Einzelfall, fragten sie sich, oder – die Opposition? ...

Lo stand in einem Winkel der Salle des Pas-Perdus zwischen Variot und Cunin. Vor ihnen saß, auf dem Eckbänkchen, eine Dame, mit der sich Lo, leicht vorgebeugt und den Kopf ein wenig zur Seite gewandt, unterhielt. Sie sah mich kommen und nickte bedenklich.

Variot stutzte und blickte sich suchend um. Nun sah auch er mich. Er winkte mir in die Luft entgegen. Ich war bei ihm. Er schlug mir und Cunin gleichzeitig auf die Schulter und sagte: »Hier, mein lieber Cunin, haben Sie unsern Freund Henri Daue.«

Cunin schob mich vor die Dame; ich erfuhr, dass sie seine Frau war.

Los Blick wiederholte mir, dass sie sich langweilte. Sie fragte, ob ich bis zum Schluss der Sitzung bleiben müsse; ob ich unbedingt bleiben müsse. Sie wandte sich an Cunin: »Nicht wahr, es geschieht nichts mehr heute Abend.«

Der Abgeordnete war aber gar nicht sicher. Bei der Verfassung, in der sie sich alle befänden –!

»Gut«, meinte Lo. Sie begriff mich. Aber: »Wenn etwas geschieht, ... angenommen es geschieht wirklich etwas, welche Gefahr läufst du dann, wenn du nicht dabei bist?« Das hatte ich ihr schon einige Mal erklärt ...

Variot nahm mich in Schutz. Ich sei nun einmal Journalist. Meine Zeitung warte bis sechs Uhr früh auf Telegramme ...

Ich verbesserte: »Bis vier.«

Bis vier. Es sei aber noch nicht Mitternacht. Er sehe ein, dass ich jetzt nicht fortkönne. Alles, was recht sei, das könne man nicht von mir verlangen.

Lo wurde böse. »Sei ruhig, du!«, rief sie mit einem Lachen, das sie vor der Dame in der Ecke entschuldigen sollte. Variot bekam gleich erschrockene, demütige Augen und begann mit heftigen Griffen seinen Bart zu kämmen. Frau Cunin sah ihn, nach einem empörten Blick auf Lo, mitleidig an ... Er bemerkte es und wandte sich flammend an

Cunin: »Cunin, du bist unparteiisch! Du bist Abgeordneter! Du weißt! Sag, im Ernst: Kann das Ministerium heute gestürzt werden, ich sage: *kann*, besteht die Möglichkeit?«

»Nein«, sagte der Abgeordnete.

Variot stand hilflos da. Er fühlte sich verraten. Er stammelte: »Aber –«

Cunin half ihm: »Es kann geohrfeigt werden – um gleich die harmloseste der Möglichkeiten zu nennen.«

»Nun und –«, rief Variot in lachendem Überschwang, »eine Ohrfeige im Morgenblatt, das ist eine Sensation! Verstehe, Lo ...«

Lo nickte eifrig.

»Ich verstehe. Deshalb könntest du uns den Freundschaftsdienst erweisen und hierbleiben ... und, wenn es nötig wäre, selbst telegrafieren.«

Sie nannte die Adresse der Zeitung, sie bat ihn um einen Bleistift, um die Adresse aufzuschreiben, und erinnerte ihn kurz und eindringlich, dass er sehr gut Deutsch könne.

Variot antwortete nicht. Seine Aufmerksamkeit war vom Diener an der Tür in Anspruch genommen. Der interessierte ihn so, dass man nicht wusste, ob er Lo zuhörte. Aber er schüttelte den Kopf.

Lo seufzte und schlug die Augen nieder.

Da erhob sich, sibyllinisch, die Stimme der Frau Cunin und kündete an, dass sie vermittelnde Worte sprechen werde. Ihr Mann versuchte sie mit einem »Aber –« aufzuhalten, über das sie sich mit einer unendlich überlegenen Handbewegung hinwegsetzte. Wir konnten, obwohl zu viert, nichts dagegen unternehmen, dass Frau Cunin verstand ... Sie nannte Lo eine Frau und uns alle Männer. Cunin verneigte sich dankend. Sie nahm nicht für die Frau Partei, weil das geschmacklos gewesen wäre, sondern bat Lo, mich meinem Beruf zu überlassen und die Begleitung des freundlichen Herrn Variot anzunehmen. Und um zu beweisen, dass dieser Rat ihr von der bloßen Vernunft eingegeben sei, erhob sie sich, um ihren Mann ebenfalls seinem Beruf zu überlassen. Dabei hatte sie nicht einmal jemand, der sie nach Hause begleitete! ...

Cunin tröstete sie. »Nun, mein Liebling, so wirst du im Wagen fahren.« Und er nahm ihre Hand und wünschte ihr Gute Nacht.

Variot war beschämt und aufgebracht. Frau Cunin, deren schwere Körperformen mütterliche Güte ausströmten, nahm Abschied von Lo. Die war in den Hass gegen die Frau derartig versunken, dass sie sich wortlos von Variot wegführen ließ.

»Ich gratuliere dir zu deiner Frau«, raunte er Cunin zu, laut genug, dass Lo ihn hören konnte.

Cunin und ich standen einander gegenüber ... Wir dachten ... Wir schienen beide zugleich damit fertig geworden zu sein, denn wir blickten zur gleichen Zeit auf.

Er nickte lächelnd: »Ja, ja.« ...

Darauf ging ich nicht ein. Vielmehr sah ich ihn fragend an.

»Ja«, sagte er noch einmal, aber diesmal ernsthaft und entschieden, als ob er einen Punkt setzte.

»Was machen Sie heute Nacht? Schlafen Sie? Dann lade ich Sie ein.«

Ich schlief nie, wenn ich in der Stadt bleiben musste. Ich schlief nicht, weil mir daran lag, mit dem ersten Zug nach Hause zu fahren. Ohne Lo langweilte ich mich in Paris.

Ich dankte, ich wollte aufbleiben.

Cunin streckte mir die Hand hin: »Schön. Wenn Sie erlauben, bummle ich mit Ihnen. Ich erwarte Sie am Ausgang. Bis nachher.« ...

Cunin und ich saßen auf dem roten Plüschsofa des Weinrestaurants »Monico«. Es langweilte sich nicht mehr so angenehm hier, wie früher. Die fünfzehnjährigen Mädchen, die sich in der Mitte zur Musik der Zigeunerkapelle drehten, waren gewaltig gewachsen und hatten sich auch sonst zu ihrem Nachteil verändert. In Wirklichkeit erkannte man sie nicht wieder. Der Unternehmer hatte sich, als der erste Frühling seines Einfalls verwelkt war, auf die Suche nach der einbringlichen Jahreszeit in Varietéagenturen begeben, die ihm die verlangten zarten Mädchen schickte, wie sie eben zu finden waren. Es ist etwas Trauriges um die Vergänglichkeit, wiederholte ich mir ... Dann fühlte ich mich jedes Mal schwermütig werden. Ich versuchte Cunin darüber aufzuklären, aber er hob nur die Achsel oder antwortete mit einem belanglosen Nicken. Ihm war das gleichgültig, wer hier tanzte, wenn nur schnell getanzt wurde und die Musik laut genug war. Er fühlte sich unter diesen Fremden und im künstlichen Röhren des Nachtbetriebs hunderttausend Kilometer von Paris entfernt. Es erholte ihn von den anstrengenden Sorgen um seine Person. Mit ein klein wenig Fantasie konnte er sich den überflüssigen, inhaltlosen Geschöpfen gleich fühlen, die hier mit einem Mindestmaß von Anstrengung glücklich werden wollten ... Eigentlich genügte es zu schreien, in die Hände zu klatschen, »Ah!« zu rufen, wenn ein neuer Kopfputz hereintrat, und mit einem der Mädchen mühsam Französisch zu sprechen. Süß ermattet, empfand er den Ehrgeiz als etwas unendlich Schönes, das auf einen Augenblick von ihm gegangen war. Er fühlte es leise durch sein Blut rinnen wie die lebendige Erinnerung an eine Sonne, die morgen wiederkam, wie sie heute geschieden war: ein großes Feuer der Höhe, ein gewaltiges Licht um das Haupt einer Traumgestalt, zu dessen strengen Gesichtszügen sich sein Wille aufrecken konnte. Ja, er konnte es, das war seine Kraft, und in den Augenblicken des Triumphes stand dieser Wille Auge in Auge mit der maßlosen Gestalt und schauderte wonnig in der Furcht, außer sich zu geraten, sich zu verzehren, aus dem Raum hinauszufallen ... Es war nur ein Schauer. Cunin liebte sein Handwerk so, dass er bisweilen fähig war, seine letzten tragischen Möglichkeiten zu erkennen. Er hätte sich nie dabei aufgehalten. Die geringste praktische Angelegenheit wäre ihm wichtiger erschienen ... Ich fragte ihn dies und jenes aus der Politik, worüber, wie ich glaubte, nur ein Mann, wie er, mich aufklären konnte. Er erzählte mir Lebensgeschichten und Anekdoten, entwirrte mir zuliebe die Fäden einer Musterintrige, damit ich sah, wie schwer die Arbeit war. Die Männer, von denen er sprach, stellte er mit wenigen grell leuchtenden Worten an ihren Platz; es waren Menschen, die mit neuen oder alten, guten oder mittelmäßigen Mitteln den Beruf eines Politikers ausübten, wie auch andere ihrem Geschäft nachgingen, Überzeugte, Fanatiker, Frivole, Langweilige und Interessante, solche, die den Erfolg festhielten, Verbrauchte, und die Traurigen oder Zynischen, die entgleist waren. Die einen arbeiteten, die andern spielten. Viele warteten auf das Wunder ...

Es ging gegen Morgen. Man merkte es daran, dass der Karneval an der Tür aufgehört hatte und die Gesichter zwischen den blendenden Spiegeln graue und grüne Flecken bekamen. Um die Trinker festzuhalten, wurde die Musik heftiger, die Mädchen tanzten jetzt ohne Unterbrechung.

Cunins graue Augen glänzten, er rauchte fieberhaft.

»Und wie werden Sie sich morgen in der Kammer fühlen?«, fragte ich.

»Je weniger ich schlafe, desto fester ...«

Er konnte sich auf sich verlassen. Solang er nicht einschlief, war er ganz wach, und solang er wach war, behielt er alle seine Fähigkeiten ... Wie Lo, dachte ich ...

Doch sah er nach einer Weile durch die Öffnung des Ventilators, dass es schon heller Tag war. Er fragte, ob er mich verlassen dürfe. Ich bejahte eifrig, aber er blieb sitzen. »Seit Jahr und Tag habe ich mich nicht mehr so wohl gefühlt«, seufzte er.

Neben uns erzählte ein Engländer von seiner sanftäugigen Frau und seinen lachenden Mädchen. Die bis unter die Schultern dekolletierte dicke Frau neben ihm hörte, die

Hände in der Einsenkung der Seidenrobe zwischen den Schenkeln fromm gefaltet, mit ungeheuchelter Rührung zu.

»Vous connais ça?«, fragte der Engländer, dem die Augen voll Tränen standen. Sie strich ihm über das Knie: »Mais oui, mon chéri, moi aussi je suis mère.«

Er nahm die fette, mit Ringen gespickte Hand und führte sie an die Lippen. Sie legte seinen Kopf auf ihre Schulter, schlang den Arm um ihn und wiegte den großen blonden Mann leise hin und her.

»Spielt etwas Sentimentales«, schrie sie den Musikanten zu. Ihre Hand machte eine Bewegung, als ob sie Geld zählte. Die Musikanten lachten: »Oh yes ... Allright.«

Zuerst beratschlagten sie, wobei sie prüfend zum Engländer hinübersahen, der die Augen geschlossen hielt. Dann stellten sie sich im Halbkreis um das Paar und spielten mit todernsten Gesichtern, mit langen wehmütigen Blicken, die mit den Tönen gingen. Der erste Geiger gar war wie eine Trauerweide über den Engländer gebeugt und ließ ein schwellendes Klingen auf ihn niederregnen. Von Zeit zu Zeit versuchte der Blonde sich mit einer müden, wegwerfenden Handbewegung aufzurichten: Wahrscheinlich fiel ihm ein, dass Tod und Leben sinnlos waren ...

Jetzt musste ich gehen, wenn ich den ersten Zug nicht verfehlen wollte. Auf der Straße versicherte mir Cunin, dass er hoffe, noch oft mit mir zusammen zu sein, er habe da einen schönen Abend verbracht ... Ich bin ihm sympathisch, sagte ich mir und fand es sehr natürlich; denn ich war ihm ebenso gleichgültig, wie er mir, und also stand unserer Freundschaft nichts im Wege. Er schlüpfte in ein Automobil, ich in ein anderes. Aber der Wagen hatte sich kaum in Bewegung gesetzt, als er auch schon mit einem gewaltsamen Ruck stillstand. Die Tür wurde aufgerissen. Ich blickte in das blasse Gesicht Variots ... Seine Augen zuckten krankhaft, aber er schien gar nicht aufgeregt. Während ich seine feuchten Hände hielt, sah er mich lächelnd an. »Oh, es geht mir gut«, sagte er. »Ich habe einen Nachtspaziergang gemacht, weil ich keine Lust zum Schlafen hatte. Weißt du, dass Meudon gar nicht so weit von Paris ist, wie man meinen sollte?« Er war am Bois de Boulogne vorbei nach Paris gegangen, in zweieinhalb Stunden. Nur einmal, an der Umwallung, hatte er furchtbar Angst gehabt, als er plötzlich im Dunkel zwei Mannsbilder neben sich erblickte ... Er hatte ein Weib abgewiesen, das keinen Hut trug und der die Haare um das Gesicht hingen ... Als er schneller ging, um sie los zu werden, hatte er plötzlich die zwei Kerle beinahe gestreift. »Gott, wie mir die Angst ins Genick fuhr! Aber als ich mich in Sicherheit glaubte, schien mir, dass der Tod mir leicht gewesen wäre.«

Wir lächelten einander an. Ich hatte ihn doch sehr gern, den Variot. Er konnte Lo nicht vergessen; war das seine Schuld? Hätte ich ihn deshalb quälen sollen? Und Lo gehörte mir ja; wie lang, wusste ich nicht, aber jetzt gehörte sie mir. Ich konnte sie sicher nicht länger behalten, als sie mich liebte. Wie lang, darüber hatte ich keine Macht ... Die da im rasselnden Automobil Montmartre hinunterfuhren, waren gute Freunde! Wahrscheinlich blieben sie es länger, als sie einer Frau der Geliebte wären. Es war ein wahrhafter Freundschaftsakt und fast ein Schwur, als wir gemeinsam eine Zigarette anzündeten... In diesem Augenblick taten mir sogar die Frauen leid, weil ihnen diese Zuflucht fehlt ... Die klug und erfahren genug dazu gewesen wären, hatten keine Freundinnen ...

Im Zug sprachen wir von Cunin, von Variots Drama, von Bertrand, der im August mit Lo eine Tournee durch die französische Provinz unternehmen wollte; dann, nach einem längeren Stillschweigen, als wir an traurigen Baracken vorbeifuhren, von den englischen Arbeitshäusern und den Aussichten des Sozialismus, die ich nach Variots unkontrollierbarem, aber deutlichem Vorgefühl bedeutend überschätzte; wobei er allerdings zugab, dass die Bedürfnisse einer Masse, deren geistige Emanzipation in gewaltigem Fortschritt begriffen sei, sich den Besitzenden im selben Maß fühlbar machen müssten. Ich konnte ihm nicht den Zukunftsstaat erklären, für dessen Beschaffenheit ich mich übrigens nicht interessierte, daran scheiterte dieses Gespräch. Das nächste, das vor meiner Gartentür noch nicht erschöpft war, drehte sich um die Rentabilität von Farbenfabriken. Wir hatten beide eine ganze Reihe von Bekannten, die in dem Fach arbeiteten; es schien alles gut zu gehen ... Ich hatte das Tor aufgeschlossen und den Hebel oben vorsichtig unter der Glocke durchgeschoben, damit nicht ihr grimmiges Gebell unsere Freundin weckte.

»Schlaf wohl«, sagte ich. »Ich bin müde.« Variot antwortete enttäuscht: »Darf ich nicht mit hinein? ... Ich bin so gar nicht schläfrig.«

Er schmeichelte wie ein Kind. Aber was wollte er denn bei uns tun? Lo schlief. In zehn Minuten schliefe ich auch.

Er werde lesen. Sich Notizen machen. Vielleicht ein wenig auf dem Sofa im Esszimmer schlafen. Darauf kam es ihm an: mit uns Kaffee zu trinken!

Ich fand das übertrieben. Nach den endlosen Kammersitzungen, der Nacht im »Monico« und den vielen Gesprächen brauchte ich ein wenig Ruhe. Ich wollte schlafen und dann mit Lo zusammen sein, sonst nichts, gar nichts ...

Er stand noch immer und bearbeitete seinen Spitzbart.

»Also komm nach Mittag herunter.«

Wenn er jetzt nicht nachgab, war ich entschlossen, Brutalitäten zu begehen.

»Nun?«, sagte ich drohend.

»Es geht nicht. Lo lässt mich nicht hinein. Wir sind böse.«

Ich blieb hart. Ich schloss das Tor wieder zu und schlug vor: »Wenn du willst, begleite ich dich nach Hause. Aber wenn wir uns trennen, möchte ich die Gewissheit haben, einige Stunden allein zu sein. Freu dich, dass Lo mich gewählt hat. Ein anderer hätte dich schon lange in die Seine geworfen.«

Er murmelte: »Oder ich ihn.«

Aber ich war müde. Es war mir alles gleichgültig. Ich seufzte: »Erzähle.«

Als er Lo zur Bahn brachte, hatte sie auf keine seiner Fragen geantwortet. Sie nahm sein Billett nicht, sondern kaufte sich ein anderes. Sie verbot ihm, mit ihr in dasselbe Coupé einzusteigen; das war das Erste, was sie sagte. Als er nicht gehorchte, gab es einen heftigen Auftritt. Sie wollte ihn nicht mehr sehen. Er verdarb ihr die ganze Freude, er machte ihr seine Gesellschaft unleidlich. Heute Abend habe sie sich gefreut, mit mir in Paris zu bleiben, weil sie zum letzten Mal gespielt habe. Er mischte sich ein, er stelle sich zwischen mich und sie, und wenn er, mit ihr, nicht einfach mein Freund sein könne, wie ich früher mit ihr der seine gewesen sei, so möge er sich anstellen, wie er wolle: Sie sähe ihn nicht wieder. So sprach sie und schwieg, obwohl er Erklärungen über Erklärungen häufte und sich, wie er mir vormachte, mit den gekrallten Fingern auseinanderriss ... Sie nahm seine Hand nicht zum Abschied!

Er blieb vor mir stehen: »Sag mal, Henri, du magst mich doch leiden?«

Das wohl, aber ich dachte genau wie Lo, genau. Ich setzte zu einer scharfen Rede an ... Er unterbrach mich: »Natürlich: *du* –! Gewiss. Ja. Nur bitte ich dich, beruhige Lo. Ich muss sie überzeugen, dass ich sie keineswegs zurückerobern will. Sie soll sich nur gefallen lassen, dass ich sie liebe. Kann das euer Glück stören?«

»Ja!«, rief ich. »Ja! ... Ja! ... Ja! ... Ja! ...«

Er schüttelte heftig den Kopf und rief ebenso oft: »Nein!«

Ich zeigte mich hochfahrend: »Du musst es wissen!«

»Ja, wer denn sonst?«

Da drehte ich mich langsam um und nahm den Hut ab, und plötzlich lief ich.

Natürlich kam ich nicht früh genug an, um das Tor hinter mir zu schließen. Variot hatte mutig den Arm zwischen die Mauer und die Türklinke gesteckt. »Zerbrich ihn!«

Ich musste versprechen, Lo zu beruhigen. Ich musste zugeben, dass ich mir nicht schadete und ihn beglückte.

Nun wollte er mich auch erfreuen: »Ein schöner Tag heute!«, sagte er mit einem Blick in den blauen Himmel, einem Blick, der über Los Fenster glitt. Dann durfte ich schlafen gehen ...

Am Nachmittag war ich wieder in der Kammer. Cunin saß still an seinem Platz, die gekreuzten Arme auf das Pult gestützt, ein aufmerksamer Zuhörer für jeden, der sprach. So hatte er, wie man sich nun zu entsinnen glaubte, immer da gesessen. Wenn seine Freunde Lärm schlugen, blieb er ruhig. Er wölbte nur noch mehr die Schultern, der kurze Hals verschwand, der starke, helle Kopf starrte den Mann auf der Tribüne an ...

Wir aßen in der Nähe der Kammer zu Abend und gingen dann auf dem Boulevard St. Michel spazieren. Cunin war schlecht aufgelegt. Er fürchtete, dass er keine Gelegenheit mehr fände, in die Debatte einzugreifen. In diesem Fall müsste er, wie er mir erklärte, in vier Monaten von vorn anfangen. Bis dahin wäre die Wirkung seiner Intervention verloren und er selbst vergessen. Solche Sitzungen wie diese gab es nicht alle Tage, und nur die jetzt herrschende Aufregung ermöglichte es ihm, dem jungen Abgeordneten, ohne Auftrag der Partei einzugreifen, und wie es ihm beliebte. Die heutige Nachtsitzung war die letzte, die Parteien hatten verabredet, sich heute endgültig zu vertagen. Einige Minister und viele Abgeordnete waren schon abgereist. Niemand dachte mehr daran, das Kabinett zu stürzen, Cunin am allerwenigsten. Er wollte sich nur, vor den Ferien, die Tribüne erobern, nicht so sehr, um dem Ministerium ein Leid zu tun, als um sich seiner eigenen Partei zu offenbaren.

Als wir uns in der Salle des Pas-Perdus trennten, wünschte ich ihm Glück. Jetzt, wo er in den hitzigen Gesprächen und der Masse fiebernder und gleichgültiger Kollegen stand, war er plötzlich sicher, dass es ihm gelänge: »Ich habe Glück«, sagte sein helles Gesicht und sein Handdruck ... »Vorwärts, es koste, was es wolle.«

Ich saß in der Journalistenloge und wartete. Bei jeder Unterbrechung fuhr ich zusammen, als habe jemand Cunin etwas aus der Hand gerissen, an dessen Besitz sein Schicksal gebunden war. Aber er rührte sich nicht, obwohl es immer später wurde. Der Ministerpräsident hielt eine heftige Rede, auf die, wie alle wussten, die Abstimmung und die Vertagung folgen sollten. Es war die letzte, an Schlagworten und Versicherungen reiche Rede, womit ein Regierungschef seine Mehrheit in die Ferien entlässt.

Da geschah es endlich. Cunin schnellte von seinem Platz auf ... Der Ministers Präsident vollendete den Satz nicht, die Abgeordneten wandten sich nach Cunin um. Inmitten der größten Stille bat er den Minister um die Erlaubnis, seine Ausführungen mit wenigen, aber, wie er glaubte, notwendigen Worten zu unterbrechen. Er entschuldigte sich bei der Kammer, dass er, ein junger Abgeordneter, schon wieder das Wort ergreife und die Aufmerksamkeit der Kammer für sich in Anspruch nehme, wo doch so viele bedeutendere Kollegen und viel interessantere Redner sie vollauf beschäftigten. Aber dass er es gewagt habe, den Ministerpräsidenten zu unterbrechen, schon das zwänge ihn kurz zu sein und erspare der Kammer eine Rede, die er sonst wohl oder übel hätte halten müssen.

Man hätte in diesem Augenblick nicht erraten können, welcher Partei Cunin angehörte. Die Mehrheit zeigte sich ebenso wohlwollend wie die Opposition. Er erntete die beifällige Freundlichkeit aller. Er blickte in lauter lächelnde Gesichter.

Darauf wandte er sich mit einer leisen Verbeugung an den Ministerpräsidenten und wies ihm in schnellen, warm kleingenden Sätzen einen »Irrtum« nach. Das Wort Irrtum wiederholte er drei, viermal, bis ein Sozialist verstand und »Unwahrheit« verbesserte. Cunin hob höflich abweisend die Hand und versicherte dem Ministerpräsidenten, dass er, der Ministerpräsident, der erste sein werde, seinen Irrtum einzusehen.

Die Opposition klatschte Beifall und die Mehrheit widersprach nicht.

Nun fügte es sich aber, dass der Minister nicht daran denken konnte, den Irrtum einzusehen, weil es sich um ein gutes Argument und überdies nicht um eine Tatsache, sondern um die Auffassung einer Tatsache handelte. Die Auffassung Cunins war die eines Oppositionellen, und der Ministerpräsident bestritt ihre Zulässigkeit. Er bestritt sie mit Ausdrücken der Anerkennung für Cunins Talent. Man sah sich wiederum freundlich nach Cunin um. Der bedauerte lächelnd, dass er nun sein Versprechen doch nicht halten und der Kammer die leidige Rede nicht ersparen könne. Aber er verpflichtete sich feierlich, sich kurz, sehr kurz zu fassen ... Er bat ums Wort!

Die plötzliche Schroffheit, mit der Cunin den letzten Satz sprach, erstaunte. Und als der Ministerpräsident geendet hatte, bestieg Cunin die Tribüne und hielt eine Rede gegen die Regierung, wie man sie, in dieser gedrungenen Wucht und voll leuchtenden Klarheit während dieser Debatte noch nicht gehört hatte. Jeder Satz war wie auf sich selbst gestellt: eine Ironie oder eine scharfe Nüchternheit. Auch diesmal sprach Cunin nur kurze Zeit.

Er verließ die Tribüne unter der jubelnden Begeisterung seiner Partei und der verwunderten Achtung der Mehrheit. Eine halbe Stunde nachher nahm das Kabinett das Vertrauensvotum der Kammer entgegen, die sich sodann auf den Herbst vertagte. In der Salle des Pas-Perdus schüttelte der Ministerpräsident Cunin die Hand. Er beglückwünschte ihn zu seinem ersten Erfolg. Der ganze Saal hörte ihn sagen: »Es wäre mir ein Vergnügen gewesen, von so gut gewachsenen Händen erdrosselt zu werden.« Wenn die Worte ein wenig ironisch klangen, so lag das nur an der Jugend Cunins. Er stand hell und stark vor dem kleinen gebeugten Mann im Zylinder, mit einem wirklich unbefangenen Lächeln und ernsten Augen, in die man nicht hineinsah. Überdies war er sehr elegant gekleidet. Er machte, in diesem historischen Augenblick, den besten Eindruck.

Der Zug fuhr weiter, der Beamte, der mit einem Luftsprung die einzige Gaslaterne gelöscht hatte, hob sich kunstfertig auf den letzten Wagen. Ich wartete, bis auch der an mir vorbeigepoltert war, dann sah ich den schwarzen Hügel hinauf, der mit dem silbernen Saum seiner Bäume den Himmel abschnitt. Die Gärten waren von weißen Lichtflecken überstreut. Ihr ungewisser Glanz ließ das Dunkel, auf dem sie wie Mondspäne saßen, tief und geheimnisvoll erscheinen, die Villen ragten aus versunkenen Wäldern. Ein weißer Gartenweg zwischen zwei dunkeln Baumgruppen blitzte wie ein Luftsteg. Aber die rote Sonne dieser schönen Unterwelt, nach der ich aussah, fehlte. Sonst stand sie reglos in der Mitte des Hügels und breitete einen Glanz um sich, der wie feine gelbe Asche auf den nächsten Bäumen lag. Das Fenster, hinter dem ich so oft auf Lo gewartet hatte, hinter dem sie heute auf mich wartete, war nicht erleuchtet. Sie schlief schon, und ich war enttäuscht.

Oder aber, sie war erst im Begriff sich auszuziehen. Eine Riesenesche verdeckte das Fenster ihres Schlafzimmers, ich konnte von hier aus nicht sehen, ob noch Licht brannte ... »Bitte, bleib noch ein wenig auf«, bäte ich, »Cunin hat gesprochen, nicht wahr, das ist interessant? Hör zu ...« Ich hatte mich in diesen Tagen um Menschen und Vorkommnisse aufgeregt, die mich angriffen, ohne mir in der darauf folgenden Erschöpfung das geringste Wohlgefühl oder auch nur eine tröstliche Erinnerung zurückzulassen. Vielleicht lag das daran, dass ich alles für wertlos hielt und selbst zeitweilige Ergriffenheiten als ein unfruchtbares

Feuer empfand, wenn Lo nicht daran teilhatte. Das war Lärm, das war Kampf, das waren verzerrte Hinterhältigkeiten ...

Lo!

Mühelose!

Unbekümmerte!

Gerade! ...

Mit großen Schritten eilte ich den Berg hinauf.

Sie käme mir wahrscheinlich doch in ihrem grünen Hauskleid entgegen, um mir auf der Treppe zu leuchten. Sie hatte den Zug kommen hören. Ich sehnte mich, mit meinen Augen eine von Los einfachen menschlichen Bewegungen zu sehen, mit meinen Händen ihre Güte zu fühlen. »Erzähle«, murmelte ich, »erzähle, Lo, wie geht es dir? Was hast du heute Abend getrieben?«

Lo war nicht da. Auf der untersten Treppenstufe lag neben einer brennenden Kerze ein Zettel, darauf stand: »Lösche die Kerze und hole mich bei Variot ab.«

Ich suchte lange zwischen den blühenden Kastellen, deren Mauern die hundert verschlungenen Wege der auf der Höhe versunkenen Gartenstadt bilden. Manchmal bellten viele Hunde gleichzeitig und so wütend, dass ich mir vorkam wie ein Dieb, ein Verbrecher, wie irgendein Wild, das in dem unentwirrbaren Labyrinth gehetzt wurde. Dann war es wieder still um mich, still wie der bestirnte Himmel. Ich konnte ohne andere Furcht meinen glühenden Gedanken nachhängen und Lo bestürmen, Lo quälen, bis ich am Ende einer Gasse vor einem Tor stand, gegen das gleich von der andern Seite ein zu Raserei erwachter Hund anrannte. Nun fiel wieder der ganze Chor ein ... Ich wurde vorsichtiger, ich ging bis zur Hauptallee zurück, die zur Terrasse von Meudon führt und überlegte. – Langsam drang ich in das Gewirr der Gassen vor.

So fand ich Variots Wohnung. Die beleuchteten Fenster taten mir wohl. Ich verzieh Lo, dass sie mich eifersüchtig gemacht hatte. Ich fühlte mich in der Lage, Variot unter aufrichtigen Freundschaftsbezeigungen zu begrüßen. Sein Arbeitszimmer war gemütlich, die Lampe hatte sogar einen blauen Seidenschirm. Auf weiß lackierten Stühlen saßen wache Menschen, sie würden laut sprechen und mich anlächeln, wenn ich einträte. Lo würde da sein und im Zimmer herumgehen. Das war die Hauptsache ... Ich trug eine religiöse Achtung vor dem Schlaf in mir. Es bedurfte einer gewaltsamen Überwindung, bevor ich jemand weckte, und auch dann blieb ich mir bewusst, dass ich eine Art Körperverletzung beging. Und ich hätte Lo wecken müssen. Gut, dass sie zu Variot gegangen war ...

Der Schein der Lampe auf dem Schreibtisch bildete einen Trichter gelben Lichts, der sich mit der Fröhlichkeit eines hellen Blumenstraußes aus dem bläulichen Halbdunkel des Zimmers hob. Es roch leise nach einer guten Zigarette und nach Los Parfüm. Auf einem runden Tischchen lag, zwischen halb geleerten Teetassen, ein Haufen roter, gelb geflammter Tulpen, und Los großer Hut mit den gelben Rosen auf dem weiß lackierten Stuhl gefiel mir. Das Manuskript, das Variot auf einen andern Stuhl geworfen hatte, als er aufstand und rief: »Lass uns ein wenig in den Park gehen!« ... war auf den Boden gefallen ... Sollte ich warten, bis die beiden zurückkämen? Ich versuchte es. Aber der Tee war kalt, das Manuskript nicht spannend genug. Ich ging in den Garten hinunter und rief. Da niemand antwortete, folgte ich dem Weg, der unter dichten Bäumen zu einem Holzgitter führte. Dahinter begann der Park von Meudon.

Die Tür stand offen, ich trat in den Wald hinaus ... Jetzt ging ich auf einem nachgiebigen Pfad, unter hohen Bäumen, die sich hie und da in schwindelhafter Höhe vor einem Stückchen Himmel öffneten. Vor mir in der Ferne war ein mattes Leuchten wie von einem See. Der Pfad führte geradenwegs hinein. Es war die große Rasenfläche der Terrasse, und ganz am Ende, an der Balustrade, die an den fernen, unter Sternen glitzernden Lichtern von Paris entlang führte, standen zwei Gestalten: eine schmale, weiß gekleidete, und neben ihr eine dunklere, schwere, die sich, der andern zugewandt, an die Balustrade lehnte.

Variot musste mich gesehen haben. Er warf den Arm hoch, und im selben Augenblick wandte sich Lo um. Ich sah, wie sie ihm schnell die Hand reichte. Sie lief, ich lief ihr entgegen, sie ließ sich in meine Arme fallen, sie küsste mich, drückte sich an mich, und: »Komm«, sagte sie außer Atem, »komm schnell, ich hab so lang gewartet. Wenn wir nicht gleich entwischen, kommt er doch noch dazu.« Hand in Hand eilten wir durch den dunkeln Wald. Manchmal stolperten wir über den Pfad ins Unterholz hinein. Dann umarmten wir einander, und ich musste Lo auf den Pfad zurückziehen, weil sie zitterte vor Glück und sich in einem Taumel von Lachen und schmachtendem Ernst im Kreise drehte.

Wir brauchten lange, um durch den Wald zu finden. Denn als wir endlich an der Gittertür zum Garten angelangt waren, sahen wir einen dunklen Punkt in den weißen Waldsaum eindringen, und Lo rief entrüstet: »Er hat mir geschworen, zwanzig Minuten zu warten!«

Ich holte Los Hut und Handschuhe und die Tulpen. Ich behielt den Hut, Lo nahm die Tulpen in den Arm. So. Jetzt schnell.

Ich schlug das Tor mit einem lauten Schlag hinter uns zu. Lo blieb lachend stehen.

»Du, wir sind in Sicherheit. Küss mich.«

Ich zog sie schnell mit mir fort. Ich war entsetzt.

»In Sicherheit? Nicht bevor, wir aus den Gassen heraus sind. Er kennt sich hier großartig aus. Wir nicht. Er fängt uns spielend. Und dann –«

Lo wurde böse: »Und was dann?«

Variot hatte sie zum Tee eingeladen. Sie war mit ihm gegangen, weil sie nichts Besseres zu tun wusste.

»Es ist mein Fehler, ich langweile mich, wenn du nicht da bist.«

Sie hatte Variot noch einmal den Kopf zurechtgesetzt, und er war sehr anständig gewesen.

»Wenn du kommst, habe ich ihm gesagt, ginge ich gleich mit dir fort, und er sollte sich überhaupt klarmachen, dass wir einander möglichst für uns allein haben wollten.«

Es versüßt die Liebe, dass andere für sie hingerichtet werden. Aber auf der Allee angelangt, warf Lo die Tulpen weg und schlang die Arme um mich: »Ich bin es leid«, sagte sie klagend. »Ich will nur dich. Dich. Wir wollen uns verstecken. Ich will niemand mehr sehen ...«

Wir gingen nebeneinander her und sanken von einer Umarmung in die andere.

Und wir hatten Einfälle, wir lachten, wir erfanden kleine Spiele. Es war eine warme Nacht. Wir blieben lange in unserm Garten. Wir ... schworen uns ... Treue. Wir waren von Sinnen!

»Lo«, bat ich, »lass mich dich immer behalten ... Immer sollst du mich lieb haben! Sag, glaubst du? Glaubst du? ...«

»Ja«, flüsterte sie heftig mit zurückgeworfenem Kopf und sah mich mit Augen an, die vor Glück erstarrt schienen. »Ja.«

Ich bestürmte sie: »Sprich, sag etwas!« Sie sah mich immer mit demselben starren Blick an ...

»Fühlst du denn nicht ...« begann sie. Aber Lo verstand sich nicht darauf, ihre Liebe zu sagen.

Ich nahm sie fester in die Arme: »Sprich!«

Da wurde ihr Blick unsicher, sie barg den Kopf an meiner Brust und beichtete zögernd: »Ich glaube, dass ich dich immer lieb behalte.«

»Du willst niemand mehr lieben? ... Lo!«

Sie küsste mich lange.

»Lo!«, flehte ich.

Sie schüttelte feierlich den Kopf: »Niemand.«

Vier Wochen lang führten wir ein leidenschaftliches, zurückgezogenes Leben. An vielen Tagen sahen wir keinen anderen Menschen, als die Frau aus dem Dorf, die Lebensmittel und Zeitungen brachte. Sie kam morgens und abends. Lo zog sich mit ihr in die Küche zurück und hörte bald ein Stück Lebensgeschichte der Alten, bald den aufregenden Bericht des letzten Ereignisses im Dorfe an. Ich durchflog unterdessen die Zeitungen und bereicherte meine Verachtung für die öffentlichen Angelegenheiten. Wenn die Alte fort war, teilte ich Lo die wichtigsten Nachrichten aus den fünf Weltteilen mit, und sie erzählte, was sich im Leben der Alten oder, seitdem, drunten im Dorf ereignet hatte. Manchmal schien uns das derart außerordentlich, dass wir auf das flache Dach des Hauses stiegen, um uns das Dorf anzusehen.

Wir waren fast immer im Garten, den die Bäume auf allen Seiten vor fremden Blicken schützten. Das Tor blieb geschlossen, es mochte noch so heftig geläutet werden. Packte uns aber die Neugierde, oder läutete einer gar so hartnäckig, so sagten wir nachgebend: »Gut, lass uns sehen, wer läutet.« Wir sprangen dann die Treppen hinauf in Los Zimmer und stellten uns auf einen Stuhl, um durch die Gardine hindurch ungesehen zu erspähen, wer nach uns verlangte. »Aha«, sagten wir, »der und der«, und gingen befriedigt unter unsere sicheren Bäume zurück. Jeder derartige Versuch, bei uns einzudringen, entflammte unsere Liebe von Neuem ... Wenn es regnete, zogen wir uns auf die Veranda zurück und sahen zu. Hielt der Regen an, sodass unser Interesse sich mangels körperlicher Bewegung zu erschöpfen drohte, brachen wir gut verpackt auf und marschierten nach Sèvres oder St. Cloud. Wir ließen uns im besten Hotel ein Zimmer geben und trockneten uns an einem eigens für uns angebrannten Holzfeuer. Es war sehr angenehm, lang gestreckt vor dem Kamin zu sitzen und zu fühlen, wie die Beine allmählich warm und trocken wurden. Lo vergaß nie, für solche Ausflüge ihre schönsten Strümpfe anzuziehen. Nachher speisten wir im Restaurant des Hotels zu Abend. Wir saßen an einem kleinen, sorgfältig gedeckten Tisch, es waren Blumen da, die Musik spielte. Wenn der Kaffee gebracht wurde, steckte Lo sich einige Nelken in den Gürtel, weil ich es lebensermunternd fand, dass Frauen Blumen im Gürtel tragen, wir rückten ein wenig vom Tisch ab und lauschten der Musik.

Wir kamen wie von einer Reise nach Hause zurück.

Es kam vor, dass die Versicherung der Reisebureaus in den Zeitungen, dass die freie Natur den menschlichen Organismus stärke, und der Anblick eines Ozeandampfers im Inseratenteil ihre Wirkung auf uns nicht verfehlten. Dann unternahmen wir Ausflüge, wo man eine Stunde in der Eisenbahn fährt und zwei Stunden zu Fuß geht. Das Schönste war, die alten Herrenhäuser am Rand wunderbarer Waldungen zu bewundern, wie wir sie nie in solcher Nähe von Paris vermutet hätten. Vor ihnen dehnten sich Wiesen aus, auf denen Kühe weideten, in einem abgezäunten Teil sprangen junge Pferde. Das alles gehörte wohl Herren, die es sich leisten konnten, in einer halbstündigen Automobilfahrt Paris und seine knallenden Feuerwerke mit dieser fernen Einsamkeit zu tauschen. Lo wusste, dass es solche Häuser zu mieten gab. Wir legten unsere Einkünfte zusammen und überzeugten einander, dass wir sehr wohl ein kleines Herrenhaus am Waldrand mit Wiesen und einigen Kühen mieten könnten. Die Kühe müssten wir ja kaufen. Aber dafür gäben sie Milch, und die Milch schickte man nach Paris, mit den Eiern, jungen Hühnern, Gänsen und Kaninchen. Die Landwirtschaft müsste eben soviel einbringen, dass wir davon ein bescheidenes Automobil mieteten ... Wir rechneten. Die Lebensmittel wurden täglich teurer und die Automobile billiger. Lo wollte die Zeitungsfrau beauftragen, einen Wohnungsanzeiger mitzubringen, ich gleich am Abend telefonisch in einer Automobilfabrik die nötigen Erkundigungen einziehen. Der Gründlichkeit halber sollte außerdem ein Mietsbureau beauftragt werden, eine Liste mietbarer Landgüter mit allen Angaben über Größe, Lage, Wirtschaftsbetrieb, Einkünfte usw. aufzustellen.

Wenn Cunin sich mit seiner Frau anmeldete, benachrichtigten wir Variot und Bertrand. Die Zeitungsfrau schickte uns ihre Schwester, die Köchin bei Mac Mahon gewesen war. Es gab drei Gänge, Champagner und deutsche Zigarren. Die Köchin wurde beim Dessert hereingerufen und beglückwünscht. Sie musste sich an den Tisch setzen und ein Glas Champagner trinken. Frau Cunin liebte und achtete sie, weil sie alle Menüs aus Mac Mahons Zeit auswendig wusste und ihr, durch Schmeicheleien mürbegemacht, die kostbarsten Rezepte ins Ohr raunte.

»Abfütterung« nannten wir diese Festlichkeiten. Wir waren unerbittlich ...

Aber Cunin gefiel uns. Seine gute Laune blieb sich immer gleich, er hatte eine Art, die bösartige Nervosität seiner Frau unschädlich zu machen, die ihn selbst in einen wahrhaft bewundernswerten Seiltänzer der Höflichkeit und seine Frau gleichzeitig in die Spenderin eines leisen, innerlichen Humors verwandelte, dessen Wärme die Gespräche munter gedeihen ließ. Sogar Lo begann sich an sie zu gewöhnen, obwohl Frau Cunin sie zu oft ihrer Vorurteilslosigkeit versicherte; worauf Lo unweigerlich antwortete: »Wir sehen es ja, da sie hierherkommen.« Sie bekriegte Frau Cunin nicht mehr. Wo sie früher boshaft gewesen wäre, lächelte sie jetzt liebevoll, und am Blick, den sie und Cunin dann wechselten, sah man, dass sie Freunde waren. Überdies machte Frau Cunin Fortschritte. Wir wussten, dass sie, die einzige Tochter eines Stahlfabrikanten, Emile aus Liebe geheiratet hatte. Niemand zweifelte daran, um so weniger, als Emile zu ihren Beteuerungen nickte und ihr, wenn sie sich bei der Schilderung der ersten Schwierigkeiten aufregte, beschwichtigend die Hand küsste. Wir verstanden, warum sie trotz Paris und der gottlosen Gesellschaft, in der sie verkehrten, fromm blieb und ihren beiden Kindern kein anderes hinzufügte. »Ich habe die

Förderung des Nachwuchses nicht in mein politisches Glaubensbekenntnis aufgenommen«, erklärte Cunin, wahrscheinlich nur, damit man erfuhr, dass seine Gattin das im Interesse der völkischen Wehrkraft bedauerte. Sie durfte jedes Mal eine Viertelstunde allein von ihren Kindern erzählen, bis Cunin den entstehenden Zweifeln an deren Klugheit schnell mit einer besser gewählten Anekdote wehrte, über die auch Lo entzückt sein konnte. Allmählich verzichtete Frau Cunin darauf, sich uns des längeren anzuvertrauen, und fasste sich absichtlich kürzer. Sie hielt uns für genügsam unterrichtet ... Der Zigarrenrauch schläferte sie ein, und dann blieb nur Bertrand ihr noch treu. Weil ihr Mann sich immer besser unterhielt und sie doch jederzeit aufmerksam bedient sein musste, widmete er sich ihr ganz. Er brachte sie zum Lachen. Er entsetzte sie mit Schilderungen aus dem geheimen Leben der großen Schauspielerinnen, mit Verbrechen, in denen sie wie in einem Vexierbild die rächerische Hand der Vorsehung suchte. Es stimmte sie traurig, dass sogar Monarchen sich in einem gewissen Pariser Milieu vergessen haben sollten. Bertrand arbeitete fieberhaft, um ihre Aufmerksamkeit zu fesseln, denn, als er sich einmal kurze Zeit von ihr abgewandt hatte, um der Unterhaltung zu folgen, hatte er sie nachher fast wecken müssen ... Dafür war er ihr dankbar, und er verließ sie nicht. Sie sollte sich keinen Augenblick langweilen. Eine so wohlerzogene, feinhäutige Frau musste es gut haben, und da sonst keiner ihr im rechten Augenblick eingoss und das Obst reichte und keiner sie interessieren konnte, so war eben er dafür da. Er hätte übrigens nicht geduldet, dass ein anderer ihn ersetzte. Wenn er ihr beim Aufbruch der Gesellschaft in den Mantel half, waren seine Kräfte erschöpft. Aber er strahlte ...

Es sollte ein Nachtfest im Freien gefeiert werden. Variot hatte den Vollmond am Himmel gesehen. »Zu meinem Garten gehören der Wald, der Park und die Terrasse von Meudon. Ich lade Sie ein, auf der Terrasse bei Vollmondschein Champagner zu trinken ... Henri, vergiss den Champagner nicht!«

Bertrand nannte das sofort eine grandiose Idee! ... Er rief: »Die beste Pariser Gesellschaft würde uns um dieses Fest beneiden«, und Frau Cunin stimmte ihm bei. Variot erinnerte daran, dass ein Vollmond niemals allzu lange dauert. Wir beschlossen, die Gelegenheit zu benützen und ihn gleich am nächsten Abend zu feiern.

Frau Cunin und »Mac Mahon«, die sich erstaunlicherweise auch auf Tafelschmuck verstand, hatten den Tisch mit Blumen belegt und Teller, Gläser und Bestecke angenehm zurechtgerückt. Der Tisch stand unter den Bäumen, nahe am Holzgitter, das den Garten vom Park trennte. Als wir nach einer feierlichen Aufforderung Bertrands daran Platz nahmen, wurden die formvollen Gedecke ein wenig geschüttelt, und während Frau Cunin noch schalkhafte Scheltworte an uns richtete, störte Lo durch eine ungeschickte Bewegung, die das Tischtuch verzog, auch noch das Stäbchenspiel aus Tulpen, Rosen, Nelken, Margeriten. Darauf war nun Frau Cunin ganz besonders stolz gewesen. Lo zog das Tuch unter tausend Entschuldigungen sofort wieder zurecht und glättete es eifrig, aber sie vergaß, die Architektur der Blumen wieder herzustellen. Frau Cunin zeigte Bertrand sehr flüchtig ein überlegenes Lächeln und tat im Übrigen, als merkte sie das Versehen nicht. Bertrand antwortete mit einem diskreten Achselzucken, sie war vollauf befriedigt. Wenn das Gespräch stockte, wurde der »von unserem lieben Dichter« – wie Frau Cunin sagte – aus einem Fassreif und zart belaubten Haselnussgerten verfertigte Kronleuchter noch einmal bewundert. Er hing über dem Tisch in den Bäumen, und beim geringsten Windstoß, der auf seine zwanzig Kerzen blies, überfiel uns plötzlich die Finsternis wie lautlose Vögel. Es huschte zwischen unsern Köpfen und warf wilde Schatten über das Tischtuch, die Blumen regten sich wie von selbst. Das tat gut. Jeder spürte es. Wir blickten zum Kronleuchter empor, und jemand sagte: »Wahrhaftig ein schöner Kronleuchter.« ...

Variot führte den Vorsitz am einen Ende des Tisches, am andern Ende beunruhigte ihn Cunin durch verschwiegene Huldigungen, die Lo mit derselben glücklichen Zurückhaltung entgegennahm. Sie saß zur Rechten des Abgeordneten und neben mir. Frau Cunin nahm die eheliche Aufmerksamkeit ihres einen Nachbarn nur in Anspruch, wenn der andere, Bertrand, seinen Dienst tat. Er regelte nämlich den Auftritt »Mac Mahons« und meldete die Gänge an; dazu musste er dann in die Küche gehen. Sein Bestreben war, möglichst unbemerkt vom Tisch wegzukommen, und er nahm auch erst wieder Platz, wenn die andern sich schon bedienten, im Augenblick, wo er seinen Heroldruf und seine Rolle vergessen glaubte. Die Anstrengung lohnte sich. Denn für ihn und seine Nachbarin hatten dieses heimliche Kommen und Gehen besondere Reize. Seine dicken Backen zitterten, wenn er wieder zu Frau Cunin auf die Bank schlüpfte, er wagte dann eine Weile nicht, sie anzusehen und warf freche, raubgierige Blicke um sich oder starrte Lo blöd unschuldig ins Gesicht ...

Lo, ich fühlte es wohl, hielt sich Cunin zugewandt. Eine ihrer ergreifendsten Schönheiten war, wie sie jemand zuhörte, wenn sie ihn leiden mochte. Dann war ihr Gesicht vor dem Erzähler wie in unsichtbare Liebkosungen gehoben, die braunen, durchsichtig feuchten Augen strahlten vor Klugheit. Der gestreckte Hals schimmerte bräunlich im Schatten, er war vollkommen. Das wie aus weichem Stoff hart und sicher geformte Kinn schien der Mittelpunkt des herzerfüllenden Glanzes und der tiefen Beruhigung, die von Lo ausgingen. Ihre Aufmerksamkeit glich schon der Hingabe, aber sie hätte eher eine große Schwester sein können, als eine Geliebte, denn es war offenbar, dass sie nicht an Liebe dachte, und ihre ruhige Schönheit ließ den Gedanken an ihren Besitz auch im andern nicht aufkommen. Nur war sie so sehr Frau, dass ihre Freundschaft immer an Liebe grenzte ...

Ein Mann ist stolz, wenn seine Geliebte andern Vertrauen einflößt und begehrenswert erscheint, ohne in ihnen hässliche Gelüste und seine Eifersucht zu wecken. Lo war nicht kokett, oder sie strengte sich nicht an, zu gefallen. Wer ihr angenehm war, für den wollte sie schön sein. Aber nichts lag ihr ferner, als Versprechungen zu machen; sie gab oder gab nicht, sie versprach nie. Obwohl sie sich fast die ganze Zeit mit Cunin beschäftigte, blieb sie doch immer bei mir. Einmal schob sie die Hand neben die meine, das andere Mal lehnte sie lange ihr Knie an mich, oder sie antwortete Cunin mit einer Stimme, deren Klang mich an sie erinnern sollte ... Sie fand hundert unmerkliche Liebkosungen, sie gab mir in jedem die Sicherheit, geliebt zu sein.

Cunin sprach jetzt anders von der Politik als in jener Nacht auf Montmartre; ich wusste nicht, sah er sie anders oder scheute er sich nicht mehr, von ihr wie von einer intimen Angelegenheit zu sprechen. Jedenfalls schien es, als ob ihm vieles eben erst, vor Lo, einfiele, so erfreut war er, so eifrig zeigte er ihr seine Zufriedenheit ... Die Politik? Sie war seine Leidenschaft, die große, die alle andern Passionen einschloss, oder nein: jede Leidenschaft mündete in die Politik, verwandelte sich in treibende Kraft, die die schwere Volksmaschine trieb, wurde allgemein in ihr und fast unpersönlich ...

»Oh, jetzt bin ich in den Ferien ... Ich denke nur an frische Luft, an lange Fahrten durch Wiesen und Wälder ... Es wird einem so kühl, wenn der Zug durch einen Wald fährt ... Ich möchte ans Meer ... nach England ... Die Überfahrt auf den braven kleinen Dampfern, die sich mit einer hartnäckigen Wildheit gegen Wellen werfen, die manchmal größer sind als sie, diese kurzen stürmischen Überfahrten sind herrlich ... Ich sehne mich nach einem Haus am Meer, wo man zwei Monate nichts tut, als mit dem Meer und den Gestirnen leben ...«

Seine Frau seufzte laut.

»Ach ja! ... Mieten wir doch so ein Haus in der Bretagne. Voriges Jahr waren wir zwei Monate restlos glücklich in Villers sur mer, nicht wahr, Emile?«

Er antwortete nicht. Lo hatte ein ernstes, nachdenkliches Gesicht. Es entstand eine Pause, wie ein plötzliches Hindernis, über das niemand hinwegkonnte. Bertrand, der Clown, nahm es mit einem Satz: »Frau Mathilde schwärmt!«, rief er. »Prost, auf den Schwarm. Es ist Vollmond.«

Man trank. Dann befahl der Schauspieler: »Fahren Sie fort, Cunin. Sie waren noch nicht zu Ende«, und er gab seiner Nachbarin durch ein Zeichen zu verstehen, dass er gleich in die Küche verschwinden müsse. Sie nickte. »Ich geh mit.« Da erhob er sich mit strampelnder Gelenkigkeit, reichte ihr den Arm, die beiden machten uns eine tiefe Reverenz und stolzierten stattlich davon.

Los Hand legte sich auf den Arm ihres Freundes: »Erzählen sie von dem Haus am Meer. Wie lebt man da? Beginnen Sie ... Wann steht man morgens auf?«

Er tat ihr den Gefallen und schilderte umständlich einen Ferientag am Meer. Aber das war es nicht, worauf er vorher hinaus wollte. »Ich habe Ferien, sagte ich, ich fühle mich ganz in den Ferien, ich habe das Parlament und seine Insassen, meine Freunde, und fast sogar meine Wähler vergessen, was bedeutend schwerer ist, ... ich lese kaum Zeitungen. Ich bin glücklich über mich, es geht mir sehr gut – und doch falle ich nicht aus dem Rahmen und sehe ich mich deutlich im Bild dieses konfusen, gärenden Lebens, dieser Menge, das mein Leben ist. Einzelne Teile des Bildes sind tief in den Schatten gerückt und das Ganze ein wenig verschwommen, aber ich fühle mich, weniger bewusst als sonst, fast willenlos, aber fühle mich trotzdem mit tausend Blutfäden an alle die geknüpft, durch die und für die ich da bin.

Was ich bin?

Ein Bürger von 1789.«

Jetzt fuhr Variot auf. Ja, leider war Cunin ein Bürger, ein staatserhaltender Bürger ...

Cunin unterbrach ihn. Jede Klasse war staatserhaltend, wenn sie einmal die Macht besaß. Die Anarchisten selbst würden sich, nach ihrer Einrichtung, wie die erbarmungslosesten Konservativen gegen einen revoltierenden Nachwuchs kehren.

»Die zuletzt kommen, haben immer recht«, erklärte Variot.

Ja, im Augenblick, wo die älteren ihre eigenen Rechte abgeben, oder wo sie ihnen genommen wurden.

Variot knirschte. »Ich hasse deine Art, immer und überall die Machtfrage zu stellen. Es ist gemein, wenn man der Stärkere ist. Man muss den Schwächeren helfen.«

»Helfen, ja, aber nicht so sehr, dass sie einem über den Kopf wachsen.«

»Man hat euch auch geholfen. So ganz allein hättet ihr die Bastille nicht gestürmt.«

»Sicher nicht. Und vielleicht wird auch unser Geldschrank einmal gestürmt – mit unserer Hilfe. Wir werden solang nachgeben, bis man uns umwirft. Vorläufig verteidigen wir ihn.«

»Warum gebt ihr nicht lieber Anteilscheine aus, die gewissermaßen eine Versicherung gegen gewaltsamen Einbruch wären?«

»Wir geben sie aus, Variot. Viel zu viel! ... weil wir nicht anders können.«

»Zyniker.«

»Nein, kein Zyniker. Nur einer, der im Gleichgewicht zu bleiben wünscht. Ich bin in meiner Klasse geboren, ich bleibe in ihr, bereit, jeden neuen Ankömmling aufzunehmen. Sie finden sich täglich ein. Denn siehst du, was du den Geldschrank nennst, das ist kein Reservatrecht. Jeder, der gesund auf die Welt kommt, kann ihn sich anlegen.

Wie viele von uns haben ihn sich selbst angelegt! Und warum sollten die andern nicht, als Preis eines unfreiwilligen Lebens, den Fleiß ihrer Väter ernten?«

»Andere erben nur Elend.«

»Elend, Variot, ist ein wenig übertrieben. Sagen wir Armut. Es ist nicht ihre Schuld; auch nicht die unsere. Im Übrigen sind sie es, die beständig unsere Reihen verstärken und unsere Klasse mit der jungen Energie versehen, ohne die sie schnell zugrunde ginge. Es gibt in diesem Land keine Geburtsrechte mehr oder wenigstens nicht solche, die nicht in einem Menschenleben zu erobern wären. Ich sehe jedermann für meinesgleichen an und kenne nur Unterschiede der Intelligenz und des Geschmacks. Ja, Variot, meine Klasse steht jedem offen, ohne allen zu gehören, ... wodurch das Außerordentliche in jeder Gestalt unmöglich würde. Deshalb halte ich meine Klasse, die bürgerliche Gesellschaft, die heute in Frankreich herrscht, für vollkommen ... hörst du? Für denkbar vollkommen!«

»O Cunin, wie kannst du so sprechen? Sie ist fürchterlich, deine Gesellschaft! Abgründig verlogen und geschwollen.« ...

»Solange die Welt steht, werden die Bäuche immer mehr Platz einnehmen als die Köpfe. Die unsern erkennen wenigstens die Köpfe an, Beweis: Die Köpfe fühlen sich, mit Überlegenheit natürlich, jedenfalls siehst du: Die Köpfe fühlen sich ganz wohl unter den Bäuchen. Vielleicht wohler als andere, revoltierte zwischen Fäusten, – von denen man nie weiß, wohin sie fallen.«

»Nein, Cunin, nein. Die Tiere sind besser als ihr. Geh in eine Arbeiterversammlung: Der Nachwuchs ist schöner und gütiger und gescheiter.«

»Er ist jünger ...«

»Jedenfalls verdient er, dass er euch zusammenschlägt.«

»Noch nicht. Wir sind noch zu solid. Aber wenn es sein müsste, ließe ich mich niederschlagen, – ich ginge nicht über.«

Variot schlug mit der Faust auf den Tisch.

»Ich auch nicht – zu euch.«

Lo gestand, dass sie sich nicht mehr zurechtfand. Soviel sie wisse, wollte doch Cunin seinem Freund Variot einen Wahlkreis verschaffen.

»Sobald ich einen finde«, versicherte Cunin. »Variot ist Rechtsanwalt, er hat Temperament, er spricht Gewitter. Er wird Erfolg haben – bis er sich eines Tages den Hals bricht oder aus Ekel Royalist wird, – wozu er vorausbestimmt scheint. Denn er sieht die Politik für ein Gebiet der Dichtkunst an, ... für eine Gelegenheit, seine Gefühle in der Praxis auszuleben.«

»Verzeihung. Mit diesem verachteten Gefühl hat man Revolution gemacht.«

»Revolution? Ja. Aber weiter nichts. Die von ihnen profitierten waren keine Gefühlsmenschen.«

Darauf konnte Variot nur erwidern, dass auch die Zeit der Profiteure einmal vorbei sein werde. Er glaubte blind an eine bessere Zukunft, weil er die Gegenwart erbärmlich fand, und Cunin liebte dieselbe Gegenwart, weil er an eine bessere Zukunft nicht glauben konnte. Die menschliche Bewegung blieb immer der gleiche Vorgang: Knechtschaft, Befreiung, Besitz und Verfall ... Variot glaubte an ein irdisches Ziel dieser ewigen Anstrengung ...

Wie dann der Vollmond so recht deutlich am Himmel stand, mussten wir nach der Anleitung Bertrands zur Terrasse marschieren. Er stellte sich mit der Köchin an die Spitze des Festzugs. Die beiden trugen den Champagnerkorb und den Eiskübel, Variot und ich die Stühle, Cunin drückte einen kleinen Tisch an den Leib, und da er so nicht auf den Weg achten konnte, durfte seine Frau ihn führen. Sie hatte noch ein Übriges tun wollen: Sie hielt eine Vase mit hohen Lilien im Arm. Lo lief voraus, um den Ort aufzusuchen, wo der Tisch aufgestellt werden sollte.

Über der Seine trieben Nebelschwaden ein hartnäckig Spiel. Sie stiegen immer wieder langsam empor und blieben doch an den Pappelspitzen hängen. Die einige Erfahrung erworben hatten, beschieden sich dann. Aber es kamen immer andere von unten herauf, die der hohe Mond lockte und die glaubten, bis zu ihm emporsteigen zu können. Einem einzigen dieser Schleier schien es gelungen zu sein zu entfliehn ... Hoch im blauen Raum neben dem Mond hing unbeweglich eine blasse runde Wolke.

Paris, am Horizont, glich einem Nadelkissen. Es war gespickt mit Nadeln in allen Größen, die Köpfe glitzerten. Eine große Hutnadel glänzte am höchsten, in der Gegend von Montmartre, das große Rad, das beleuchtet war, bildete, auf der andern Seite, eine vollkommen runde Brosche. »Man könnte es auf die flache Hand nehmen, dieses Paris«, sagte Lo. Die Nacht war so hell, der Mond so hoch ... Auf einem bewaldeten Hügel leuchtete ein weißes Haus wie ein Marmortempel, und tief im Tal, in »Valfleuri«, das Meudon vom gegenüberliegenden Hügel trennt, glühten dicht über den Boden gespannte Silberdrähte: die Eisenbahnschienen.

Wir tranken schweigsam. Man behielt das Glas in der Hand. Lo hatte sich in meinen Arm zurückgelegt und starrte über sich in die milchige Bläue. Manchmal sprach Cunin, in langen Zwischenräumen, aber es war, als ob er eine Geschichte erzählte.

Ronsard hat Verse auf diese Terrasse gemacht. »De là tu pourras voir Paris, la grande ville.«

... Hier ist der erste Bourbon König geworden, und der letzte Dauphin starb hier.

... Da drüben brannte die Pompadour Feuerwerke ab. Sie wurden in Paris gesehen. Die Pamphletisten machten Witze, und die Pompadour brannte keine Feuerwerke mehr ab.

... Napoleon wollte hier eine Schule für Könige einrichten. Die Thronerben Europas sollten hier gemeinsam erzogen werden ... Der »Aiglon« hat hier gespielt ... Als Napoleon in die Verbannung ging, stieg er hier aus dem Wagen und ging allein durch den Park und den Wald bis auf die Straße, die nach Fontainebleau führt, dort stieg er wieder in seinen Wagen. Von hier sah er damals zum letzten Mal Paris.

Wir träumten von Frankreich ...

»Nicht wahr?«, sagte Cunin, »hier fühlt man etwas von der ewigen Schönheit Frankreichs? ... Wir sind heute das glücklichste Land; wir müssen es bleiben. Wir haben geerbt wie kein anderes Volk, und ich glaube, dass fast jeder Franzose sich der Kostbarkeit seines Erbes irgendwie bewusst ist. Die große Revolution hat es frei gemacht ... Was unsere Könige Schönes getan haben, besitzen wir, und vielleicht sind doch sie es, die uns gelehrt haben, wie man lebt.« ...

Da sprang Variot auf die Balustrade und hob das Glas: »Cunin, auf dein Wohl! Siehst du, ich, wenn die Schönheit vor meine Seele tritt, vergesse die Politik und allen Kampf. Von all dem sehe ich in dieser wunderbaren Nacht nur dich, und du gefällst mir. Ich meine: Ich könnte jetzt ruhig sterben, das heißt, alles aufgeben, weil es vielleicht sehr gut, aber nicht endgültig war, ... es verdampft in der hohen Nacht, es verliert sich zwischen den Sternen und schmilzt am so reinen Mond wie die Düfte dieser tausend Gärten, wie die Geräusche im Tal und der Gesang einer Nachtigall. Man fühlt ihn noch deutlich in etwas Großes, Schönes übergehen, wenn er schon verstummt ist ... Nichts bricht, nichts hat sein Ende, alles wird still und gibt sich tiefer hin, als es gesagt werden konnte. Du, Cunin, hast eine Stimme, die nicht versagt. Du bist eine musikalische Sirene, – aber eine Sirene! ... die nicht weiß, wie gleichgültig einen die Schönheit gegen jede Art Handlung machen kann, ... die im Gegenteil der Schönheit einen Lebensschrei, einen aufreizenden Kampfruf entreißt und sie an die Spitze eines begeisterten Haufens stellt ... Darum lieben wir dich, wir andern, die wir ziemlich untüchtig auf die Welt gekommen sind, ... und Lo, die hinter den plumpen Lilien dem Himmel ihr menschliches Gesicht zeigt, weiß, dass du von ihrer Rasse bist, und das kleine Tier träumt tiefe Erkenntnisse, an deren Richtigkeit sie niemals zweifeln wird, weil sie überhaupt nicht zweifelt.« ...

Hinter einem Busch trat ein Mann hervor ... Variot sprang von der Balustrade herunter. »Der Wächter«, sagte er. Frau Cunin flüsterte entsetzt: »Er trägt ein Gewehr.« Aber Bertrand erhob sich und steckte die Hände in die Hosentaschen. So erwartete er den Mann mit der Jagdflinte, der mit langsamen Schritten herankam. Cunin füllte ein Glas mit Champagner und schob es neben Bertrand, er holte eine unangebrochene Flasche aus dem Korb hervor und stellte sie daneben. Der Schauspieler blinzelte ihm mit den Augen zu. Der Fremde blieb fünf Schritte vor Bertrand stehen und betrachtete uns kopfschüttelnd.

Bertrand ging ihm entgegen ... Er verbeugte sich: »Ich habe das Vergnügen, mit dem Herrn Wächter des Parks von Meudon ...? Wollen Sie bitte näher treten ...«

Der andere rührte sich nicht. »Wie sind Sie hereingekommen?«, fragte er streng.

Nun wusste Bertrand wenigstens, worüber der Brave sich wunderte. Er erklärte ihm, dass die Villa dieses Herrn dort, eines berühmten Dramatikers, in einem Garten lag, der an den Park grenzte. »Aber so treten Sie doch näher«, bat er. »Und legen Sie bitte ab.« Er streckte die Hand aus, um dem Wächter das Gewehr abzunehmen. Aber das ging natürlich nicht. Jeder sah, dass der Wächter ein alter Krieger war, und dass er die Gewohnheit hatte, das Gewehr an der Schulter zu tragen, wie andere mit ihrem Spazierstock umgehen. Er legte die Hand auf den Gewehrkolben und forderte uns auf, alle Späße zu unterlassen und sofort dorthin zu gehen, wo wir hergekommen seien. Bertrand kehrte ihm den Rücken zu und erklärte laut, der Herr müsse wohl aus dem Kaiserreich stammen ... Er schnellte herum und schrie den Wächter an: »Sehen Sie denn nicht, dass wir Champagner trinken?«

Champagner oder Wasser, betonte der Wächter, – die Terrasse von Meudon sei keine Gastwirtschaft.

Bertrand verlor die Geduld. »Auf«, rief er uns zu. »Wenn der Herr nicht zu uns kommen will, so kommen wir zu ihm.« Wir umringten ihn. Und so wie wir jetzt dastanden, donnerte der Schauspieler, so blieben wir hier, und selbst wenn der Herr mit Kanonen schösse ... Der Herr selbst konnte tun, was ihm beliebte: Mit uns Champagner trinken oder sich wieder ins Bett legen. Denn – Bertrand reckte sich und blickte seinem Feind in die Augen – denn wir hatten das Recht, hier zu sein ... Aha, da gab er sich zufrieden, der Herr Kapitän? Jawohl, wir hatten das Recht. Von wem? Der Herr Kapitän sollte selbst suchen, wer uns das Recht gegeben haben konnte. Er sollte sich einmal seine Gäste ansehen. Erinnerte er sich nicht, ihr Bild in den Zeitungen gesehen zu haben? Beschäftigte er sich nicht mit der Politik? Und der Kopf dort kam ihm nicht bekannt vor?

Cunin wandte sich erschrocken ab, und als Bertrand fortfuhr, schlenderte er, unbeteiligt, an die Balustrade. Daraus konnte der Herr Kapitän am besten schließen, dass der Abgeordnete ein bedeutender Mann sein musste! »Und ich«, rief er aus, »und ich – glauben Sie, dass ein Vagabund mit dem Wächter des Parks von Meudon so spräche, wie ich mit Ihnen spreche? Wer ist Ihr Vorgesetzter? Also gehen Sie morgen zu ihm und erzählen Sie ihm, was heute Nacht vorgefallen ist. Sagen Sie: so und so hat man zu mir gesprochen. Vergessen Sie nicht, den Champagner zu erwähnen, und dass der Herr an der Balustrade, als ich seine Eigenschaft verriet, peinlich berührt war. Ihr Chef wird lächelnd antworten ... wie heißen Sie? ... Herr Benoist, wird er antworten, es ist gut, ich danke Ihnen. Sie können gehen ... Auf Ihr Wohl, Herr Benoist.«

Der Wächter nahm das Glas. Er hatte listige Augen und schmunzelte belustigt in seinen Bart. Als er getrunken hatte, fragte er: »Und von wem soll ich den Chef grüßen?« Bertrand duckte sich: »Pst.« Er legte den Finger an den Mund: »Pst.« Dann flüsterte er ihm ins Ohr: »Vom Oberregisseur Bertrand – und seinen Freunden.« Der andere nickte, und kameradschaftlich: »Dürfte ich nicht dem Herrn an der Balustrade die Hand drücken?«

»Pst!«, machte der Schauspieler. »Ein andermal.« Er drückte dem Alten die Champagnerflasche in die Hand: »Gehen Sie. Denken Sie nach. Sie müssen ihn schon einmal gesehen haben«, und er nahm seinen Arm und führte ihn davon.

Er kam zurück, indem er sich im Takt mit beiden Händen den Bauch schlug. »Die Frau passte am Fenster auf. Sie warf mir eine Kusshand zu, als sie die Flasche sah«, lachte er. »Ich tat, als ob ich fortginge, und schlich dann leise ans Fenster zurück. Sie sitzt im Nachtkamisol am Tisch, er hält den Arm um sie geschlungen und erzählt ihr Geschichten, über denen sie den schönen Champagner wieder ausprustet. Sie ist ein heiteres Temperament, die Alte, es lebe die Liebe.«

... Alle gingen in den Wald, Lo, und wir beide verirrten uns, weil wir den andern davonliefen und sie vergaßen. Es war manchmal recht schauerlich im dunklen Wald, und wir mussten uns fest aneinander drücken, um uns nicht zu fürchten. Ich weiß nicht mehr, was ich dir alles sagte ... Ich erinnere mich nur an deine Stimme, wie sie, ein wenig zitternd, sang: »Oh, wie du mich lieb hast!« ... Wo der Mond durch die Baumwipfel schien, machten wir halt. Ich wollte dich sehen. Ich wusste nicht mehr genau, wie du aussahst. Alles prägte ich mir ein: wie die Augen zueinander standen, wie das Haar über die klaren Schläfen lief, ich nahm mit dichten vorsichtigen Küssen die Form deines

Halses ab, nahm ihn in beide Hände, und wenn wir dann weitergingen, wusste ich im tiefsten Dunkel alles von dir. Sobald du mich aber küsstest, hatte ich wieder alles vergessen, und ich hob dich in meine Arme, trug dich, eng an mich gedrückt, bis an eine Lichtung, dort kniete ich neben dir nieder, und sah, sah, dass du es warst: Lo – Lo, die ich ein halbes Leben lang nicht gekannt hatte, Lo, die ein eigenes, selbstständiges Leben war, das ich niemals ganz in mich aufnehmen konnte, und die vielleicht morgen ein anderer in den Armen hielte, der unerhörte Glücksfall Lo, das Berauschende, in das ich mich wie in einen Abgrund stürzen konnte, und das mich glückschreiend empfing – und ich verstand, dass jemand eine Frau aus Liebe töten kann, wenn er am glücklichsten ist, aus Angst, dass sie für ihn erblasste und erlöschte, und eines Tages ein Mensch wäre, wie jeder andere, und vielleicht ein Feind ...

Schließlich fanden wir uns wieder auf der Terrasse ein. Sie hatten sich gelangweilt. Sie konnten es nicht verbergen ... Jetzt aber waren sie vergnügt, weil Lo unter ihnen stand und mit ihrem Lächeln Belohnungen austeilte. Den Schauspieler kränkte sie, weil er plötzlich Frau Cunin sitzen ließ und Lo neronisch den Hof machte ... Er griff in den Himmel und bewarf sie mit Sternen wie mit Konfettis. »Süße Sklavin« nannte er sie und befahl seinen Leoparden, ihr die Füße zu lecken. Vorläufig versuchte er ihr die Schuhe auszuziehen. Sie stieß ihn zurück. »Angetrunkener Clown«, flüsterte sie. Er zog die fürchterliche Grimasse des Schmerzes, hinter der sich seine Eitelkeit verschanzte, wenn sie sich vor Wut krümmte und der ganze Kerl plötzlich den Halt verlor ... Cunin hatte den Kopf auf die Hand gestützt und sah Lo unverwandt an. Er scherzte mit ihr, er sagte laut und ernst, dass sie schön sei, und ihre Klugheit kleide sie wie ... eine Reiherfeder im Haar einer schlanken dekolletierten Frau. Dann ruhten, eine Sekunde lang, ihre Blicke ineinander, Los Mund zuckte, aber das ruhige Lächeln fiel nicht von ihren Lippen. Es war das Siegel meines

Besitzes, dieses Lächeln, solange es nicht brach, war sie mein!

Eine halbe Stunde, hatten wir einander versprochen, eine halbe Stunde wollten wir bei den andern bleiben, aber nicht länger. Lo vergaß es nicht, und ich war glücklich, dass sie mich bat, aufzubrechen, als ich noch gar nicht an die Möglichkeit eines Aufbruchs dachte. Sie schien sich so wohl zu fühlen! Und nun kämpften sie um sie. Cunin versprach ihr die Bretagne und das Meer, wenn sie noch bliebe, er schenkte sie ihr, und Variot, der viel getrunken hatte und traurig war, weinte ehrliche Tränen, weil sie ihm den einzigen Trost ihrer Gegenwart nehmen wollte. Der Schauspieler trat vor sie hin und sagte demütig: »Lo, ich bin ein dummer Kerl. Aber ich habe Sie wirklich lieb. Ich will sie gewiss nicht wieder ärgern ... Bleiben Sie noch ein wenig.« Ja, selbst Frau Cunin erhob sich; sie umarmte Lo und sagte: »Mein liebes Kind«, und wenn Lo nicht bliebe, ginge sie auch.

Lo blieb fest. Sie sagte ein letztes fröhliches Gute Nacht und lief einfach davon. Es war vielleicht nicht sehr würdig, wie ich ihr, nach einigen zweifellos zu eiligen Verbeugungen und zu flüchtigem Händedrücken, nachlief, aber ich war bei ihr, und wir lachten wie die Kinder über den gelungenen Streich.

Lo stellte sich mitten in mein Arbeitszimmer und klatschte in die Hände: »Jetzt mach ich Tee, jetzt schwatzen wir, was uns einfällt.« Aber wir hatten noch nicht die erste Tasse getrunken, da rief sie nach einem Stillschweigen, das mich mit schmerzhaften Ahnungen erfüllte.

»Ich möchte eigentlich noch einmal zu den andern auf die Terrasse.«

Ich fragte: »Warum bist du dann fortgegangen?«

Sie gab mir recht. »Ja ... Aber sie waren alle so enttäuscht, dass wir sie schon verließen.«

Wir hatten auf der Veranda den Sonnenuntergang bewundert, einen Sonnenuntergang voll namenloser Wildheit, wie die Spiegelung ungeheuerlicher Vorgänge, die sich in fernen, heißen Ländern abspielten: der Brand eines Urwalds, ein Volk, das sich zwischen flammenden Städten und rauchenden Feldern zerriss, Vulkane, die das Dach der Erde gesprengt und die Berge eingeatmet hatten und, groß wie ein Weltteil, ein einziger Glutherd zwischen funkelnden Meeren, in den Himmel loderten ...

Wir saßen einander gegenüber. Lo und ich. Sie spielte mit den Blüten der Sykomore, die ich für sie unter dem Baum im Garten aufgelesen hatte. Ich war entschlossen, nach Paris zu fahren und in irgendeinem Varieté über meine und Los Gefühle nachzudenken. Es gibt kein besseres Mittel, Gefühlen zu widerstehen, als über sie nachzudenken. Die Gefühle gewöhnen sich an einen, und man gewöhnt sich an seine Gefühle. Man hilft ihnen auf den Sprung. Man dressiert sie. Und beim Verlassen des Zwingers stellt man mit Genugtuung fest, dass die Hand, die das Gitter schließt, ruhig und fest, dass sie die Hand eines Siegers ist. Man wirft einen letzten Blick auf die Tiere, die, den Kopf zwischen den gestreckten Pfoten, ermattet daliegen und traurig blinzeln, und dann begeht man entschlossen eine größere Torheit, als man vorher je begangen hätte. Das wusste ich wohl, und ich hätte Lo gerade so gut gleich mit meiner Eifersuchtsszene überraschen können. Nur fehlte mir der Mut. Wenn man aber seine erbosten Gefühle erst gebändigt hat, kommt der Mut von selbst, weil man ihn gar nicht mehr braucht, weil man die vorher geplante Schandtat geradezu verachtet ... Ich hatte den Smoking angezogen, um darüber nachzudenken, ob Lo mich noch liebte oder ob sie mich nicht mehr liebte. Den Überzieher auf den Knien und den Hut auf dem Kopf, saß ich da und schwor mir, während ich mit unendlicher Langsamkeit die Handschuhe zuknöpfte, schwor in einem einzigen langen Schwur, Lo höflich bis zum Ende anzuhören, aber dann aufzustehen, ihr die Hand zu küssen und zu gehen ... Ich hielt es für durchaus nötig, sie heute Abend mit unsern Freunden allein zu lassen. Lo sollte sich prüfen. Lo sollte sehen, ob sie sich ohne mich einsam fühlte. Ich erwartete, dass der Gedanke an ihren zerquält in einem langweiligen Varieté schmachtenden Freund sie unter den vielen fremden Menschen nicht fröhlich werden ließe, dass sie selbst traurig würde und nichts anders wünschte, als zu ihrem Verbannten zu flüchten und ihm mit einem »Dich oder keinen« allen Gram von der Seele zu nehmen.

»Siehst du«, sagte Lo, »es gibt Leute, die sich zwei Monate geliebt haben, vielleicht sogar zwei Jahre, und die dann aus Dankbarkeit auch gleich die nächsten fünfzig Jahre zusammenhalten. Das nennt man eine glückliche Ehe. Sie machen sich blind, sie stellen sich taub und halten sich am Stuhl fest, wenn unter ihnen die Erde bebt. Die Erdbeben, das sind die sogenannten Ehekrisen, die Prüfungen. Und das nennt man Treue. Der Mensch gewöhnt sich an alles, sogar an das Unmögliche, die Treue. Wenn einer lange genug den Tauben und Blinden gespielt hat, dann wird er es eines Tages wirklich – gewöhnlich um die Zeit, wo die Schärfe der Sinne auch bei normalen Wesen nachlässt. Also, treu bin ich nicht, und ich werde nie heiraten – obwohl ich zugebe, dass die Ehe große Bequemlichkeiten bietet, sogar der Frau, wenn die Frau nicht intelligent, aber um so sentimentaler, arm oder nicht mehr jung ist. Es fällt sogar einer Kokotte nicht leicht, sich unverheiratet durchs Leben zu schlagen ... Die Zeiten sind schlecht ... Im Ernst, du, ich kann mir absolut nicht denken, was zwei, die jahrelang immer zusammen gewesen sind und sich bis ins Letzte kennen, noch Interessantes aneinander entdecken können! ... Die lieben doch nicht! ... Sie betreiben ein Gewerbe; wenn du willst, eine Fabrik – nein, weißt du, lieber den Tod!«

Pausen, die auf das Wort »Tod« folgen, sind peinlich. Und Lo hatte die violetten Blüten in ihren Händen gesammelt und das Gesicht hineingelegt.

»Du«, sagte sie ohne mich anzusehen, »ich erzähle dir das nur, damit du mir glaubst, wenn ich sage, dass ich dich lieb habe.« Und das Gesicht, das sie ein wenig gehoben hatte, sank wieder in ihre Hände ...

Als es dunkelte, schrieb ich hastig einen Zettel, den Lo vor das Gartentor legte. »Liebe Freunde, ich muss unbedingt nach Paris. Es tut mir leid, aber das ist mein Beruf. Lo begleitet mich ... Liebe Frau Louise, werfen Sie die Zeitungen in den Garten ... Liebe Frau Caroline, Ihr Kochgenie wird heute leider keine Triumphe feiern; aber wer ist darum zu beklagen? Ihre ergebenen ...« Wir schlossen das Haus. Wir löschten die Lichter. »Lo!«, rief ich hundertmal, und sie antwortete: »Du!«

Dann kamen die andern. Sie zogen erst gewaltig an der Glocke, bevor sie den Zettel sahn. Variot las ihn vor. Über die Bitte an Frau Caroline Mac Mahon lachten sie laut. Es war eine Weile still. Dann riet Bertrand: »Warten wir auf Mac Mahon. Sie soll uns bei Variot kochen.« Aber keiner antwortete.

Lo atmete nicht mehr. Ich fühlte, wie sie vorsichtig von mir abrückte – oh, nur ein ganz klein wenig. Ich ließ ihre Hand los ... Wir warteten beide auf Cunins Stimme.

Sie schlug auf, hell und fröhlich: »Nein. Fahren wir nach Paris zurück und suchen wir sie!«

Das war die dünne, klare Winterluft, in der die Liebenden einander verlassen. So sieht einer den andern an. Fast lernt man einander von Neuem kennen. Du merkst dir, welches Kleid sie trägt, und wie lange. Wenn Sie es wechselt, überlegst du, warum sie das getan haben mag. Ihre Frisur erscheint dir plötzlich außerordentlich kunstvoll, du wagtest es nicht, sie durch eine unvorsichtige Liebkosung zu zerstören ...

Lo war eine Dame, die sich ausgezeichnet kleidete. Ich hätte nie geglaubt, dass eine Frau mit zehntausend Franken soviel Staat machen konnte. Sie waren klug, die Kleider, und in der Liebe erfahren. Lo hatte sie ins Vertrauen gezogen, sie kannten alle ihre Gedanken. Und sie schützten ihre Herrin wie eine unsichtbare Leibgarde. Denn Lo war jetzt so unnahbar. Die Hand, die sie mir reichte, hielt mich in einem gewissen Abstand, den ich nicht überschreiten durfte. Wir gingen jeder auf der entgegengesetzten Seite des Weges nebeneinander her und führten zwischen uns ein Lämmchen mit Glöckchen und einem roten Samtband, unsere gemeinsame Liebenswürdigkeit. Ich fand das Lämmchen entzückend, ich schäkerte mit ihm, um Lo zum Lächeln zu bringen. Ich wagte nicht, es mit einem Fußtritt aus dem Weg zu räumen.

Wenn Lo in ein Zimmer trat, war nichts anders mehr da als sie. Ja, sie war mit einem Blick gekommen, in den sich gleich alles verliebt hatte. Die Möbel schienen einen Ausdruck zuvorkommender Höflichkeit anzunehmen. Ich konnte ihr nicht einmal behilflich sein. Ihre Hände waren um sie wie kleine, vornehme Tiere, und bedienten sie hurtiger und geschickter, als ich es getan hätte. Außerdem genossen sie ihre Gunst... Lauter kleine, vollendete Kunstgriffe: wie sie ein Buch vom Tisch nahm und darin blätterte und, plötzlich verweilend, las; wie sie mit allem, was an ihr war, aufstand, den ersten Schritt tat, die Tür hinter sich schloss und wiederkam; wie ihr ganzer Körper mit den losen Falten eines Hauskleides spielte, wie sie, fertig angezogen, unter ihrem großen Hut den Gartenweg hinabging... Sie bewegte sich mit der Sicherheit einer Nachtwandlerin, ich bemerkte nie eine Anstrengung bei ihr, sie stockte nicht einmal... Ich begann, sie oberflächlich zu finden.

Sie hielt sich lange in ihren Zimmern auf. Ich verstand, dass sie allein sein wollte. Los Zimmer waren jetzt auch mir verschlossen.

Manchmal log sie, aber dann warf sie mir einen Blick zu, der sagte: »Ich lüge. Frage nicht weiter.« Es wäre die gröbste Taktlosigkeit gewesen, ihr nicht zu glauben. Da ich sie verlieren musste, wollte ich sie wenigstens nicht vergessen. Ich fotografierte sie. Cunin fand die Abzüge auf meinem Schreibtisch, und er bat mich, sie ihm zu schenken. Aber Lo, die gerecht war, nahm sie ihm schnell aus der Hand. »Verstecke sie«, sagte sie mir. Da schenkte ich Cunin die Abzüge. Er nahm sie freudig an, dankte mir und ließ sie beim Weggehen auf dem Schreibtisch liegen.

»Ist das eine Niederlage?«, fragte ich Lo.

Sie sagte lächelnd »Gute Nacht« und ging mit traurigem Gesicht hinaus.

Ich konnte ihr nicht grollen, weil erwachsene Menschen wie ich und Cunin uns wie Knaben benahmen. Ich bat sie im Geheimen um Verzeihung.

Bald war ich wirklich nicht mehr eifersüchtig, ich hatte mich erzogen. Ich las die »Drei Musketiere« von Dumas. Gleichzeitig unternahm ich es, eine Geschichte der politischen Parteien in Frankreich seit 1870 zu schreiben. Lo, die Clemenceau bewunderte, interessierte sich dafür.

Eines Abends – ich saß auf der Veranda und studierte das »Journal Officiel« der Kommune – kam Lo aus Paris nach Hause. Sie stellte sich vor mich hin, wir sahen einander an, aber ich ertrug ihren Blick nicht: »Ja«, sagte ich armselig, und, indem ich den Kopf über dem großen Buch in beide Arme stützte: »Adieu.«

Sie strich mir einige Mal über die Haare. Dann sagte sie mit zitternder Stimme: »Ich fahre heute Nacht mit Cunin nach London.«

Ich nickte, und sie fuhr fort: »Höre ... Ich möchte dir etwas sagen ...«

Als ich heftig den Kopf schüttelte, hielt sie, wie erschrocken, inne. Eine Weile blieb sie noch schweigend vor mir stehen. »Ja«, rief ich noch einmal flehend, da schlich sie auf den Fußspitzen davon. Aber ihre Kleider rauschten leise, wie früher, wenn sie morgens an meiner Tür vorbeiging und mich nicht wecken wollte.

Ich hörte sie im Haus umhergehen, Schränke öffnen, die Schubladen der Kommoden herausziehen ... Als am hinteren Tor die Glocke gezogen wurde, lief sie schnell die Treppe hinunter und öffnete. Es war der Bahnbeamte, der ihre Koffer abholte.

Nun wurden ihre Koffer hinausgetragen ...

Du musst doch Abschied nehmen, sagte ich mir und ging langsam die Treppe hinauf.

Ich traf sie, wie sie hinter dem Bahnbeamten, der eine Handtasche trug, aus meinem Zimmer kam. Ich blieb stehen und lächelte sie an. Und sie hob die Hand, als ob sie mich liebkosen wollte ... Aber sie ging an mir vorüber: »Gleich«, lächelte sie. Ich konnte noch sehen, wie das Lächeln gleich von ihr abfiel.

Lo ist auch traurig, sagte ich mir ...

Lo stand in der halb geöffneten Tür. Es dämmerte im Zimmer, ich konnte ihre Züge nicht genau erkennen. Sie trug einen hellen Reisemantel und einen Turban, der die Haare bedeckte und wie ein Helm über dem dunklen Gesicht glänzte.

»Ich gehe ... Auf Wiedersehen!«

Ich sprang auf ... und fiel gleich in den Stuhl zurück, denn sie hatte hastig die Tür geschlossen. Die Glocke am Gartentor heulte. Ich konnte Lo nicht mehr sehen. Ich sah nur den Zug, der sie fortführte.

Die Frau aus dem Dorf brachte die Zeitungen. Gleich danach kamen Variot und Bertrand. Der Regisseur zündete die Lampe an und wollte eilig in Los Zimmer gehen, deren Tür, wie er bemerkt hatte, zum ersten Mal weit aufstand. Ich hieß ihn bleiben.

»Lo ist mit Cunin abgereist.«

Da stellte er die Lampe wieder auf den Tisch und sagte mit dem gedämpften Tonfall des Zartgefühls: »Dann eilt es ja nicht so.«

Er schnalzte mit der Zunge, nickte einige Mal bedeutsam, ging, plötzlich wie verträumt, zum Fenster, wo er lange in den Anblick des kleinen, am Horizont flimmernden Paris versunken schien ...

»Lo«, jubelte Variot, »vergisst ihre Freunde nicht. Bald besitzt sie ein Privathotel und ein Automobil, die wir ihr leider nie geschenkt hätten; aber wir werden uns noch lange, an ihrer Tafel um sie trauernd, in der Tiefe des Gemüts an ihr erfreuen können ... Sie ist eine kurzfristige Geliebte, aber eine ewige Freundin.«

Bertrand sang in die Nacht hinaus: »Die du dich dort hinter den vielen Lichtern in erster Klasse Schlafwagen entfernst – unsere liebe Frau von der Freundschaft, sei uns gnädig!«

Ich musste daran denken, mit welch erschütterndem Herzgesang Lo sich hingab, als habe sie einem schon immer ganz gehört.

Weitere Titel im
EUROPÄISCHEN LITERATURVERLAG

René Schickele
Symphonie für Jazz

"Symphonie für Jazz" (1929), den Schickele als seinen Lieblingsroman bezeichnete, spielt in den goldenen Zwanzigern und erzählt die Geschichte der Eheleute Jan und Johanna, die sich erst gegenseitig ziehen lassen müssen und sich in das ausschweifende Leben der Jazz-Lokale stürzen, bevor sie wieder zueinander finden können..

1. Aufl. 2011, 224 Seiten, Deutsch, Paperback, 21,90 €

ISBN/EAN: 9783862671359

René Schickele
Benkal, der Frauentröster

Der Roman "Benkal, der Frauentröster" erschien erstmals 1914 und erzählt die Geschichte des jungen Taugenichts Benkal, der sich nach und nach in einen echten Künstler verwandelt und Skulpturen erschafft, die den Frauen, die ihre Söhne und Männer im Krieg verloren haben, bei der Überwindung ihrer Trauer helfen.

1. Aufl. 2011, 112 Seiten, Deutsch, Paperback, 17,90 €

ISBN/EAN: 9783862671250